BASIL COPPER

Der schwarze Ritter

*Wer Goldmann Kriminalromane liest,
zeigt, daß er auf Niveau achtet.*

Von Basil Copper
sind außerdem erschienen:

Duell zu dritt. 4166
Der dunkle Spiegel. 4200
Erste Tür rechts. 4190
Keine Blumen für den General. 4158
Nachtfrost. 4207
Sechs Patronen im Magazin. 4136

Bitte beachten Sie die Anzeigenseiten am Schluß des Buches. Die dort angegebenen Preise entsprechen dem Stand vom Frühjahr 1973 und können sich nach wirtschaftlichen Notwendigkeiten ändern.

BASIL COPPER

Der schwarze Ritter

THE BIG SHILL

Kriminalroman

WILHELM GOLDMANN VERLAG MÜNCHEN

KRIMI VERLAG AG WOLLERAU/SCHWEIZ

Die Hauptpersonen des Romans sind:

Mike Faraday	Privatdetektiv
Stella	seine Sekretärin
Don Carmody	Schauspieler
Carlotta Carmody	seine Frau
Sammy Dexter	Schauspieler
Gloria van den Bergh	Schauspielerin
Greg Bissell	Stadtkämmerer
Julie Nordstrom	seine Sekretärin
Pop Martin	Hausverwalter
Bo Sondergaard	Gangster
O'Rourke McGiver	Kriminalbeamte

Der Roman spielt in Los Angeles, USA.

Ungekürzte Ausgabe. Made in Germany.

 Aus dem Englischen übertragen von Mechtild Sandberg. Umschlagfoto: Bildarchiv Marion Schweitzer. Gesetzt aus der Linotype-Garamond-Antiqua. Druck: Presse-Druck Augsburg. KRIMI 4255. Ze/Hu
ISBN 3-442-04255-0

I

Es schlug gerade fünf Uhr morgens wohlgemerkt – als ich meinen alten, himmelblauen Buick zur Küstenstraße hinaufsteuerte. Meine beste Zeit war das gerade nicht; normalerweise liege ich um diese Zeit noch auf dem Ohr. Doch hier handelte es sich um einen besonderen Anlaß.

Die zunehmende Wärme des Tages begann langsam die Nebelschwaden aufzusaugen, und hier und dort glitzerten Lichtreflexe auf dem Pazifischen Ozean. Die im spanischen Stil erbauten Häuser hoben sich scharf umrissen in dem harten Licht des frühen Morgens ab.

Die Leiche des großen, schweren Mannes, die zugedeckt auf dem Rücksitz des Kabrioletts lag, rutschte hin und her, wenn ich um die Haarnadelkurven bog. Ich hatte schon viel zuviel Zeit verloren, aber mir blieb keine andere Wahl. Ich konnte mir die Zeit nicht aussuchen. Diejenigen, die mir an den Kragen wollten, ließen mir keine Atempause oder Zeit zu irgendwelchen Abwehrmanövern. Allerdings hätte ich nicht angenommen, daß die Leute, die mir nach dem Leben trachteten, mir in der Nacht einen Toten aufhalsen würden. Das wäre ja auch zu einfach gewesen. Für mich, meine ich.

Ich hatte mir ausgerechnet, daß mir gerade noch eine halbe Stunde bleiben würde, um das zu tun, was ich tun wollte. Dann würde der übliche Morgenverkehr einsetzen. Ich schaltete wieder in den zweiten Gang zurück. Brummend kroch der Wagen einen Felshang hoch. Dann wurde das Terrain flacher, und ich fuhr zwischen Föhren und anderen immergrünen Gewächsen dahin. Da und dort schimmerten Sandpfützen zwischen Felsbrocken. Ich wußte, was ich wollte, mir blieben noch knapp zwanzig Minuten Zeit.

Nach einer Weile gelangte ich zu einem schmalen Streifen glatten Rasens. Von dort führte ein Felspfad zum Meer hinunter. Ich warf einen Blick in den Rückspiegel. Aus der Richtung von Los Angeles kam nichts. Ich steuerte den Buick von der Straße und ließ ihn zwischen Steilhängen und Felsvorsprüngen den Pfad hinunterrollen. Wenn ich mich recht erinnerte, war am Ende gerade genug Raum, um den Wagen zu wenden; den

Pfad im Rückwärtsgang wieder zu erklimmen hingegen war ein Ding der Unmöglichkeit. Ich lächelte trübe vor mich hin. So, wie sich die Dinge in der vergangenen Woche entwickelt hatten, würde es am Ende des Pfads keinen Wendeplatz geben. Und wenn ich den Wagen nicht wieder zur Straße hinauf bugsieren konnte, dann konnte ich mein Testament machen.

Steil neigte sich der Pfad in die Tiefe. Das blasse Grün des Wassers schimmerte durch das Laub. Gerade als ich bereit war, mich damit abzufinden, daß ich aus dieser Sackgasse nie mehr herauskommen würde, flachte das Gelände langsam ab, bis es schließlich fast eben war. Der Pfad wand sich über ein weites Felsplateau, das von niedrigen Büschen und Sträuchern bewachsen war. Ich hielt den Buick an und schaltete den Motor aus. Ich stieg aus und ging zum Rand des Plateaus und blickte hinunter zum Meer.

Ja, das war die richtige Stelle. Dunkel und abschreckend gähnte eine schmale Schlucht. Ich kehrte zum Wagen zurück und hob die Decke hoch. Die starren Augen des blonden Mannes blickten mich leer an. Ich faltete die Decke und legte sie auf den Rücksitz. Dann faßte ich den blonden Mann unter den Achseln. Seine Taschen hatte ich vorher schon durchsucht. Ich hatte nichts gefunden, was über seine Identität Aufschluß gegeben hätte. Vorsichtig zog ich ihn durch die Tür auf die sandige Oberfläche des Felsplateaus. Ich ließ ihn auf dem Rücken liegen und prüfte das Wageninnere auf Blutflecken und dergleichen. Ich fand nichts. Zumindest nichts, was man mit bloßem Auge hätte sehen können.

Ich schlug die Tür zu und kehrte zu dem Toten zurück. Ich packte ihn aus dem braunen Papier, das ich um seinen Körper gewickelt hatte. Er hatte nicht mehr geblutet, doch das Papier hatte verhindert, daß sein Blut zur Decke und zu den Wagenpolstern durchgedrungen war. In der Brust klaffte eine große Wunde. Rundherum waren Pulverspuren zu erkennen. Das bedeutete, daß der Schuß aus nächster Nähe abgefeuert worden war. Der große, blonde Mann sah nicht überrascht aus. Ich schloß daraus, daß er unter Freunden gewesen sein mußte, als es ihn erwischt hatte. Nette Freunde. Er war tadellos gekleidet, trug einen zweifellos teuren, grauen Anzug mit einer rot-grün gestreiften Krawatte, die mir nach einer Art Klubkrawatte auszusehen schien.

Ich knüllte das braune Papier zusammen und steckte es ein.

Ich bückte mich und faßte den blonden Mann wieder unter die Achseln. Seine Füße hinterließen dünne Schleifspuren im Staub, als ich ihn in die Schlucht hinunterzog. Das würde ich nachher erledigen. Bald hörte ich von unten das gedämpfte Rauschen der Brandung. Unter den Felsen war es dunkel und kühl, trotzdem schwitzte ich. Der Mann war schwer. Schließlich hatte ich es geschafft und ließ den Toten auf einen Felsvorsprung fallen, der steil zum Wasser abfiel.

Ich zog den braunen Papierball aus der Tasche und schleuderte ihn hinaus. Der Wind erfaßte ihn und trug ihn zum Wasser hinaus. Ich blickte ihm nach, bis er auf der Wasseroberfläche aufschlug. Dann setzte ich den Toten am Rand des Felsvorsprungs auf, stellte mich hinter ihn und stieß ihn in die Tiefe. Er überschlug sich zwei-, dreimal, ehe er ins Wasser tauchte. Die kleinen Kräuselwellen schlossen sich über seinem Kopf. Ich spähte angestrengt hinunter, doch er tauchte nicht wieder auf.

Darauf kletterte ich zum Plateau hinauf und verwischte so gut ich konnte mit meinen Füßen die Schleifspuren. Oben brach ich einen kleinen Ast von einem Busch und fegte den Sand auf dem Plateau glatt. Ich sah auf meine Uhr. Kurz nach halb sechs. Ich warf den Ast ins Gebüsch, wischte meine Hände ab und warf noch einen letzten Blick in die Runde. Dann setzte ich mich in den Buick.

Es war einfacher, als ich gedacht hatte. Im ersten Gang kroch der Wagen, die Nase himmelwärts gerichtet, die Steigung hinauf. Nur oben am Straßenrand wurde es einen Moment brenzlig, als das eine Vorderrad des Kabrioletts im Sand durchdrehte. Doch dann faßten die Reifen, der Wagen sprang ruckartig zur Straße hinauf, und gleich darauf stand er auf dem Rasenstreifen. Ich trat auf die Bremse und schaltete auf Leerlauf. Noch einmal sah ich mich gründlich um. Ich wollte sichergehen, daß ich nicht irgendeine Spur hinterlassen hatte. Natürlich waren die Abdrücke meiner Reifen zu sehen, aber Reifenspuren am Straßenrand sind nichts Besonderes.

Ich schaltete in den ersten Gang und lenkte den Buick zur Straße. Da tauchte ein Fahrzeug auf. Die dunkle Limousine trug auf der Tür das Zeichen der Polizei von Los Angeles.

Ein uniformierter Beamter mit einem harten, kantigen Gesicht und einer Sonnenbrille auf der Nase streckte den Kopf zum Fenster heraus.

»Haben Sie etwas Besonderes vor, Mr. Faraday?« fragte er.

Ich schaltete meinen Motor aus und stieg aus, bemüht, nonchalant zu erscheinen.

»Ich wollte gerade nach Los Angeles zurück«, erwiderte ich. »Sie sind doch O'Rourke, nicht wahr?«

Der hochgewachsene Mann stieg aus dem Wagen. Er grinste plötzlich und nahm seine Sonnenbrille ab.

»War ja nur ein Witz, Mr. Faraday«, sagte er und schüttelte mir die Hand. »Aber Sie müssen zugeben, daß Ihr plötzliches Auftauchen hier verdächtig wirken muß. Wir haben vor einer Weile im Präsidium eine Meldung bekommen. Es hieß, hier oben ginge etwas vor. Sollte etwas mit einer Leiche zu tun haben.«

Ich spielte den Verwunderten und vergrub meine Hände in den Hosentaschen.

»Ich habe hier nur ein bißchen Müll abgeladen«, erklärte ich, froh, daß mir so rasch etwas eingefallen war. »Ich war über Nacht bei Freunden in Santa Monica, und weil ich auf der Heimfahrt hier vorbei mußte, baten sie mich, ob ich nicht eine Ladung Sperrgut mitnehmen könnte.«

Der Polizeibeamte schob seine Mütze noch tiefer in die Stirn und kratzte sich am Hinterkopf.

»Ja, das ist wirklich ein Problem«, meinte er. »Ich habe einen Onkel, der hat ein privates Müllabfuhrunternehmen aufgezogen. Ursprünglich wollte er mich mit ins Geschäft hereinnehmen. Aber ich lehnte ab. Ich fühlte mich für Höheres geboren.« Er prustete. »Letztes Jahr hat er einen Reingewinn von hundertfünfundsechzigtausend Dollar gemacht.« Er pfiff durch die Zähne und starrte ins Leere, mit den Gedanken offensichtlich weit weg. »Hundertfünfundsechzigtausend«, wiederholte er. »Da fragt man sich wirklich.«

»Und was ist mit der Leiche?« erkundigte ich mich.

O'Rourke grinste wieder.

»Das war wahrscheinlich mal wieder so ein Irrer, der sich wichtig machen wollte. Ich fahre hier jetzt einmal auf und ab und dann rufe ich das Präsidium an. War nett, Sie mal wieder zu sehen, Mr. Faraday. Wie geht denn das Detektivgeschäft zur Zeit?«

»Mittelprächtig«, erwiderte ich. »Aber man kann davon leben.«

O'Rourke winkte mir zu und kehrte zu seinem Wagen zurück. Ich setzte mich wieder in den Buick und trat die Fahrt nach Los Angeles an. Der unbekannte Tote, hoffte ich, würde inzwischen schon auf halbem Weg zum Golfstrom sein.

Ich stellte meinen Wagen wie gewohnt in der Parkgarage in der Nähe meines Büros ab und setzte mich ins nächste Café. Nachdem ich gefrühstückt und eine Zigarette geraucht hatte, fühlte ich mich wesentlich wohler. Es war inzwischen fast neun Uhr geworden. Ich rief in meinem Büro an. Stella war noch nicht da. Ich marschierte hinüber zu dem Gebäude, in dem sich mein Büro befand, und fuhr mit dem knarrenden, alten Aufzug nach oben. Durch das winzige Vorzimmer schlenderte ich in mein Allerheiligstes und ließ mich hinter meinem Schreibtisch nieder. Da blieb ich erst mal sitzen und rauchte eine Zigarette nach der anderen und starrte die Sprünge in der Decke an, bis schließlich Stella frisch und munter den Kopf zur Tür hereinsteckte.

»Kaffee gefällig?« rief sie.

Ich nahm die Füße vom Schreibtisch und sah sie an.

»Was ist los?« fragte sie.

Für Stella bin ich nämlich ein offenes Buch.

»Erzähle ich dir gleich«, antwortete ich. »Nach dem Kaffee.«

Sie sagte nichts, warf mir aber einen forschenden Blick zu und eilte dann davon, um den Kaffee zu kochen. Ich wartete, bis ich das Blubbern der Kaffeemaschine hörte und drückte meine Zigarette aus. Niemand kochte so guten Kaffee wie Stella. Ich wollte mir den Genuß nicht verderben.

An diesem Tag trug sie einen weißen Minirock mit breitem, rotem Ledergürtel und eine knapp sitzende Bluse. Mein Blutdruck stieg.

»Hast du den ›Examiner‹ heute schon gesehen?« rief Stella aus der Kaffeeküche.

»Nein.«

Sie brachte mir die Zeitung herein. Ohne besondere Neugier faltete ich sie auseinander und lehnte mich zurück. Doch gleich fuhr ich hoch. Fette Schlagzeilen sprangen mir ins Auge.

›Bürgermeister Cartwright von Los Angeles verschwunden.‹

Ich beschloß, den Bericht später zu lesen. Erst brauchte ich den Kaffee.

Wieder starrte ich auf die Riesenaufnahme des Bürgermeisters. Es gab keinen Zweifel. Bürgermeister Dwight D. Cartwright war der große blonde Mann, den ich an diesem Morgen in den Pazifischen Ozean befördert hatte.

2

Man wollte mich umbringen. Angefangen hatte es eine Woche zuvor. Ich war zum Zeitungsstand in der Nähe meines Büros hinuntergegangen, um mir einen ›Examiner‹ zu holen. Es war etwa fünf Uhr nachmittags. Die Straßen waren, wie üblich, verstopft, die Luft war schwer von Auspuffgasen. Es war ein Tag wie jeder andere. Ich stand da und sog genüßlich den Smog ein und erfreute mich am Verkehrsgewühl, an dröhnenden Hupen und an dem Gedränge auf den Bürgersteigen.

Und da hatte jemand Gimpy, den Krüppel, erschossen. Gimpy war eine in dieser Gegend von Los Angeles wohlbekannte Type. Er war ein schmächtiger, kleiner Mann, verkaufte Tag für Tag seine Zeitungen, war ehrlich und anständig und immer bereit zu helfen, während er eisern sparte, um seiner verwitweten Mutter ein Häuschen auf dem Land kaufen zu können. Klar, daß so ein sympathischer Zeitgenosse umgebracht werden muß. Ich hatte gerade beschlossen, in mein Büro zurückzukehren, als aus dem Verkehrsgetümmel eine ganze Serie von Fehlzündungen donnerte. Ich blickte auf, und da prallte etwas mit bösartiger Wucht vom Bürgersteig ab und eine silberne Narbe glänzte im Granit.

So etwas hatte ich schon früher erlebt; deshalb warf ich mich zur Seite und suchte Deckung hinter einer Mülltonne, wo ich nicht so auffallen würde. Ich packte eine alte Frau bei den Beinen und zog sie mit mir zu Boden. Dank allerdings erntete ich dafür nicht. Inzwischen hatten auch andere Passanten begriffen; Panik brach aus, Leute warfen sich zu Boden, Frauen kreischten, alles ging drunter und drüber. Ich sah, wie ein rotgesichtiger Polizist auf einen rostroten Wagen schoß, der die in drei Bahnen gestaffelten Autokolonnen überholen wollte, und dann sah ich Gimpy. Er lehnte an seinem Stand und blickte auf das Blut, das zwischen den Fingern seiner Hand, die er auf die Brust gedrückt hielt, hindurchquoll. Er glitt zu Boden und stürzte nach rückwärts, als in der Ferne Polizeisirenen zu heulen begannen.

Als ich zu ihm gelangte, war es schon zu spät. Ich nahm eine seiner Zeitschriften und breitete sie über sein Gesicht. Der rostrote Wagen war verschwunden. Der ganze Zwischenfall hatte nicht länger als fünfzehn Sekunden gedauert. Der rotgesichtige Polizist hieß De Salvo. Ich kannte ihn und brauchte mich deshalb nicht auszuweisen. Die Zeugenaussagen waren dürftig und erbrachten nichts. De Salvo und ich gelangten zu dem Schluß, daß die Schießerei völlig sinnlos gewesen war. Daß Gimpy in dunkle Machenschaften verwickelt gewesen sein sollte, erschien uns beiden höchst unwahrscheinlich.

Ich kehrte in mein Büro zurück. Stella war bereits nach Hause gegangen. Ich braute mir einen Kaffee und hockte mich zum Nachdenken hinter meinen Schreibtisch. Doch es kam nichts dabei heraus. Gerade, als ich den Laden schließen wollte, läutete das Telefon. McGiver, ein junger Leutnant von der Kriminalpolizei, meldete sich. Ich kannte ihn schon seit langem. Wir sprachen natürlich über Gimpy. Keiner von uns beiden hatte eine Ahnung, warum jemand ihn hätte töten sollen.

»Vielleicht hat man ihn mit jemandem verwechselt«, meinte ich.

»Kann sein«, antwortete McGiver, offensichtlich nicht überzeugt.

Ich versicherte ihm, meine kleinen, grauen Zellen stünden ihm jederzeit zur Verfügung und verabschiedete mich.

Das war am Donnerstag gewesen. Bis Samstag ereignete sich nichts mehr. Doch was dann geschah, war durchaus merkwürdig. Ich war in der Stadt unterwegs, und zwar im Auftrag eines Mannes, der den Verdacht hegte, daß seine Frau ihn betrog. Im allgemeinen habe ich für solche Aufträge nichts übrig, doch mein Klient war ein Schauspieler, der im Geld schwamm, und die Frau war eine gutaussehende Blondine skandinavischen Typs. Das machte die Arbeit erträglich. Sie ging in teure Restaurants und exklusive Geschäfte, und es fiel nicht schwer, ihr auf der Spur zu bleiben.

An dem fraglichen Samstagnachmittag fuhr sie mit ihrem Wagen hinaus in die Vorstadtslums. Ich habe keine Ahnung, warum, kam auch niemals dahinter; vielleicht tat sie es nur, um mich abzuschütteln. Sie betrat ein heruntergekommenes Mietshaus, an dessen Feuerleitern Wäschestücke wie traurige Wimpel im Wind flatterten. Ich trieb mich eine Weile vor dem Haus herum, und als sie nicht wieder auftauchte, wollte ich wissen, warum nicht. Ich stolperte im dunklen Treppenhaus herum und stieß schließlich auf eine Tür, die in eine Hintergasse führte. Mir kam der Gedanke, daß sie vielleicht gar niemanden im Haus aufgesucht hatte, sondern durch die Hintertür entwischt war. Ich kehrte noch einmal zur Haupttür zurück und spähte hinaus. Ihr Packard stand noch auf der gegenüberliegenden Straßenseite.

Also marschierte ich durch den Hausflur wieder zur Hintertür und auf die Gasse hinaus. Es war dunkel dort und schmutzig, und die Mülltonnen stanken. Ich hatte nicht die Absicht, mich hier lange aufzuhalten. An einer der Tonnen stand eine alte Frau. Ich konnte nicht genau sehen, ob sie etwas hineinstopfte oder herausholte. Ich ging zu ihr hin, um sie zu fragen, ob sie eine junge, blonde Frau gesehen hätte. Es bereitete mir Schwierigkeiten, ihr begreiflich zu machen, was ich wollte.

Als ich immer noch eifrig bemüht war, ihr auseinanderzusetzen, worum es mir ging, veranlaßte mich plötzlich etwas aufzublicken. Ein Schatten, der vielleicht von den Wäscheleinen herrührte; vielleicht aber auch nicht. Jedenfalls war es ein Schatten, auf einem der Stufen auf der Feuerleiter. Dann noch ein Schatten. In der Luft. Ich packte die alte Frau, und wir stürzten beide zur Seite. Sie stieß einen erschreckten Schrei aus. Dann schlug ganz in der Nähe etwas mit großem Getöse auf den Boden auf. Scheppernd holperte es über das Kopfsteinpflaster.

Ich rappelte mich auf. Die alte Frau zeterte. Die Mülltonne rollte immer noch durch die Gasse und verstreute ihren Inhalt über das Pflaster. Ich sah auf. Der Schatten auf der Feuerleiter war verschwunden. Da wußte ich, daß man es auf mich abgesehen hatte. Die Schießerei zwei Tage zuvor, bei der Gimpy ums Leben gekommen war, war keineswegs Zufall. Die Schüsse waren auch für mich gedacht gewesen. An diesem Nachmittag trug ich keine Waffe; doch ich beschloß, von nun an eine einzustecken. Ich klopfte der alten Frau den Staub von den Kleidern und versuchte, ihr zu erklären, was vorgefallen war. Ich glaube, sie dachte, ich hätte die Mülltonne selbst auf uns losgelassen. Ich verschwand, ehe die Gasse sich mit Menschen füllte.

Die Frau meines Auftraggebers ging an mir vorbei, als ich auf die Straße trat. Sie war gerade aus dem Haus gekommen, doch ich glaubte nicht, daß sie mit dem Zwischenfall etwas zu tun hatte. Sie stieg in ihren Wagen und fuhr davon. Ich kehrte in mein Büro zurück und erledigte ein paar Anrufe.

Das war am Samstag. Aber diesmal gönnte man mir keine zweitägige Ruhepause. Man ließ mir gerade vierundzwanzig Stunden Zeit. Ich hatte Stella am Sonntag abend ins Kino eingeladen, und hinterher waren wir noch auf einen Drink an die Küste gefahren. Es war fast zwei Uhr morgens, als ich meinen Wagen auf dem überdachten Abstellplatz neben dem Haus, das ich mir gemietet hatte, parkte. Seit dem Vortag war ich auf der Hut, doch rundherum war alles still, ich konnte nichts Verdächtiges bemerken. Nachdem ich eine Dusche genommen hatte, legte ich mich schlafen. Ich mußte höchstens zwei Stunden geschlafen haben, als ein Geräusch mich weckte. Ich lauschte. Es klang, als machte sich jemand an der Terrassentür zu schaffen. Ich schlich zu meinem Schrank im Schlafzimmer und holte den Smith & Wesson heraus. Nachdem ich mich vergewissert hatte, daß er geladen war, tastete ich mich auf Zehenspitzen die Treppe hinunter. Durch das Fenster auf dem Treppenabsatz blickte ich hinunter zum Abstellplatz meines Wagens. Ich sah einen Schatten, der über die betonierte Einfahrt zur Straße huschte.

Dann rollte geräuschlos ein Wagen davon, den Hang hinunter, der von meinem Haus wegführt. Ich hörte, wie ein Stück abwärts der Motor angelassen wurde, indem der Fahrer den Gang einlegte. Ich knipste das Licht an. Ich war ziemlich sicher, daß jetzt niemand mehr da war. Ich öffnete die Terrassentür und untersuchte sie. Das Holz des Türrahmens war aufgekratzt und gesplittert. Ich ging nach oben und zog mich an. Da stimmte etwas nicht. Ein geübter Einbrecher hätte die Tür schnell und geräuschlos geöffnet. Und diese Burschen waren verschwunden, ohne etwas erreicht zu haben.

Oder sollten sie vielleicht den Buick in der Mache gehabt haben? Der Gedanke war mir nicht sogleich gekommen.

Ich steckte den Smith & Wesson ins Schulterhalfter und knotete meinen Schlips. Fast zehn Minuten waren verstrichen.

Die ersten Lichtstreifen leuchteten am Himmel. Ich ging hinaus zum Abstellplatz. Und da sah ich den blonden Mann auf dem Rücksitz. Ein höchst unerfreulicher Anblick. Und er wurde noch unerfreulicher, als ich die Scheinwerfer eines Fahrzeugs sah, das tief unten die Straße heraufzukriechen begann.

Man hatte mir den Toten in den Wagen gesetzt und dann die Polizei alarmiert. Das Fahrzeug dort unten war zweifellos ein Polizeiauto. Ich glaubte nicht, daß der Denunziant meine Adresse angegeben hatte. Das wäre zu auffällig gewesen.

Ich raste ins Haus, holte eine Decke, verpackte meinen toten Insassen, deckte ihn zu und ließ dann den Wagen ohne Licht bergab rollen. Ein ganzes Stück weiter unten hielt ich am Straßenrand, die Scheinwerfer immer noch ausgeschaltet, und wartete. Es dauerte lange, ehe der Wagen, den ich zuvor gesehen hatte, vorüberkam. Ich hielt den Atem an. Ohne zu zögern, fuhr der Wagen vorbei, als suchte der Fahrer etwas ganz Bestimmtes. Durch den Rückspiegel sah ich ihm nach. Als er die Kreuzung passierte, atmete ich auf.

Ich löste die Handbremse und fuhr weiter bergab. Als ich außer Sichtweite war, schaltete ich das Abblendlicht ein und ließ den Motor an. Nach einer Weile entdeckte ich einen durch Bäume geschützten Parkplatz am Straßenrand. Dort hielt ich an und durchsuchte die Taschen des blonden Mannes. Ich fand nichts. Sogar die Etiketten waren aus seinen Kleidern herausgeschnitten.

Danach fuhr ich hinauf zu den Klippen, um die Leiche des Bürgermeisters von Los Angeles in den Pazifischen Ozean zu stürzen.

3

Stella blieb lange stumm, nachdem ich geendet hatte. Sie hatte eifrig mitgeschrieben, und mehrere Seiten ihres Blocks waren gefüllt. Ich ging in die kleine Küche und schenkte mir noch eine Tasse Kaffee ein. Dann setzte ich mich wieder an meinen Schreibtisch und zündete mir eine Zigarette an.

»Und der Bürgermeister schwimmt jetzt also mit unbekanntem Ziel irgendwo im Meer«, stellte Stella schließlich fest.

»So ist es«, bestätigte ich. »Wenn er angetrieben worden wäre, hätten wir das schon im Radio gehört.«

Stella schüttelte den Kopf, als ich ihr eine Zigarette anbot.

»Du bist sicher«, daß der Polizeibeamte dich nicht mit der Geschichte in Zusammenhang bringen wird?«

»Wie denn?« fragte ich. »Der Pazifische Ozean ist groß. Die Leiche kann weiß Gott wo hineingeworfen worden sein. Die haben jetzt alle viel zuviel zu tun, nach dem Burschen zu fahnden, der ihnen in den letzten Tagen die todsicheren Tips gegeben hat.«

Stella nickte, doch ihr Gesicht blieb nachdenklich.

»Die Leute müssen gut organisiert sein«, bemerkte sie. »Am Zeitungskiosk haben sie dich abgepaßt. In dem Mietshaus hat jemand gewartet. Und sie deponieren nicht nur Leichen vor deiner Haustür, sondern sie wußten auch, daß du oben an den Klippen warst.«

»Das ist mir auch aufgefallen, mein Kind«, versetzte ich. »Ich bin gerade dabei, Nachforschungen anzustellen.«

»Und während du Nachforschungen anstellst«, sagte Stella, »wird der nächste Anschlag auf dich gestartet. Das ist gefährlich, Mike. Du solltest für ein paar Tage verschwinden.«

Ich sagte nichts. Aber der Einfall war gut.

»Warum wollten sie in dein Haus einbrechen?« fragte Stella.

»Wollten sie gar nicht«, erklärte ich. »Sie wollten mich nur wecken. Ich sollte den Toten im Auto finden. Und sie hofften, daß ich versuchen würde, ihn irgendwie loszuwerden und daß mich die Polizei, die sie mir auf den Hals gehetzt hatten, dabei erwischen würde.«

Stella nickte wieder.

»Hm, das klingt einleuchtend«, meinte sie. »Du könntest ja zur Polizei gehen und alles erzählen. Aber der Gedanke ist dir natürlich gar nicht gekommen. Weißt du, es könnte sogar sein, daß man dir glaubt.«

Ich schnaubte verächtlich.

»Die würden mich schleunigst hinter Schloß und Riegel verfrachten«, erwiderte ich. »Nein, ich kann mich aus dieser Patsche nur herausmanövrieren, wenn ich dahinterkomme, wer mir den Bürgermeister in den Wagen gesetzt hat. Und wenn ich die Leute, die mich beschatten, abschütteln kann.«

Lange saß ich stumm da und rauchte. Stella verlor das Interesse. Sie kehrte an ihre Schreibmaschine zurück und hämmerte mit so wütender Verbissenheit auf die Tasten, daß ich in meiner Konzentration gestört wurde. Einen Einfall hatte ich trotzdem. Ich bat Stella, einen alten Freund von mir anzurufen. Er hieß Dexter und war Schauspieler. In den letzten Jahren war er in ein paar Fernsehserien groß herausgekommen.

Oben in Pine Lake, einem kleinen Erholungsort in den Bergen, besaß er ein Sommerhaus. Vielleicht konnte ich mich dort oben ein Weilchen verkriechen. Ich sagte Stella, daß ich nach Hause fahren würde, um ein paar Sachen zu packen. Sie versprach mir, mich anzurufen, sobald sie Dexter ausfindig gemacht hatte. Der Anruf war reine Formsache. Er hatte mir zugesagt, daß ich in seinem Sommerhaus jederzeit willkommen war, und ich wußte, daß er im Moment zu viel zu tun hatte, um selbst hinaufzufahren. Den Schlüssel brauchte ich mir nur von einem alten Mann zu holen, der das ganze Jahr über am See wohnte.

Bevor ich ging, bat ich Stella noch, mir eine Liste aller Leute aufzustellen, die mit dem Bürgermeister verkehrt hatten und mir eventuell bei meinen Nachforschungen würden helfen können.

Ich schlenderte zur Garage und holte meinen Buick. Es sah nicht so aus, als verfolgte mich jemand. Außerdem wußten diese Leute ja, wo ich wohnte. Sie brauchten nur in meinem Haus vorzusprechen, wenn sie etwas von mir wollten. Ich konzentrierte mich daher auf der Heimfahrt nicht zu sehr auf den Rückspiegel. In der Küche schlang ich ein belegtes Brot hinunter, dann verstaute ich meine Siebensachen in einer Reisetasche.

Gerade als ich die Tasche in den Flur hinuntertrug, klingelte das Telefon. Es war Stella. Sie berichtete, sie hätte mit Dexter wegen des Sommerhauses gesprochen. Ich könnte mir den Schlüssel am üblichen Ort abholen. Ich versprach ihr, sie am folgenden Tag anzurufen. Dann sperrte ich ab und ging zum Wagen.

Der Wind zerrte an den Wipfeln der Palmen, als ich in meinem Buick den Hang hinuntersauste. Ich sah in den Rückspiegel, doch kein anderes Fahrzeug war zu entdecken. Unten an der Kreuzung tankte ich an meiner Stammtankstelle und machte mich dann auf die Fahrt quer durch die Stadt.

Bis Pine Lake mußte man etwa drei Stunden rechnen. Ich würde also gegen sieben eintreffen, gerade recht zu einem gemütlichen Abendessen im Seerestaurant.

Endlich hatte ich Los Angeles hinter mir, mein Wagen begann den Anstieg die gewundene Straße hinauf. Jetzt blickte ich schon eine ganze Weile wieder regelmäßig in den Rückspiegel, und plötzlich sah ich eine dunkle Packard-Limousine, die an derselben Kreuzung wie ich abbog. Ein Mann saß am Steuer, weitere Insassen konnte ich nicht entdecken. Natürlich konnte es Zufall sein, daß der Wagen ebenfalls die wenig befahrene Straße einschlug, doch ich beschloß auf der Hut zu sein. Auf der Fahrt in die Berge passierte ich mehrere Abzweigungen, doch der andere Wagen bog nirgends ab. Ich verlangsamte ein wenig das Tempo, um zu sehen, ob er mich überholen würde, doch er glich seine Geschwindigkeit lediglich der meinen an.

Daraufhin begann ich, nach einer Parkausfahrt Ausschau zu halten.

Etwa anderthalb Kilometer weiter entdeckte ich, was ich suchte. Ganz unvermittelt zog ich den Wagen nach rechts. Die Reifen rutschten über Kies und abgebrochene Zweige. Mein Verfolger war so überrascht, daß er zu spät reagierte. Er fuhr vorbei. Ich steuerte den Wagen hinter eine Baumgruppe und wartete. Etwa dreihundert Meter weiter wendete der Packard und kam zurück. Ungefähr hundert Meter von mir entfernt bog er ebenfalls in den Parkplatz ein. Ich grinste, stieg aus und schlug mich in die Büsche, als hätte ich eben etwas Menschliches zu erledigen. Der Fahrer stieg auch aus. Es war ein kleiner Mann, dem die Sache offenbar nicht ganz geheuer war.

Nervös blickte er zum Buick hinüber und zu dem Gebüsch, hinter dem ich verschwunden war. Dann faßte er seinen Entschluß und marschierte auf das Gebüsch zu. Ich rannte durch das Dickicht davon, machte absichtlich eine Menge Lärm, um ihn anzulocken. Ich wollte ihn so weit wie möglich von dem Parkplatz weglotsen. Einen Moment später stieß ich auf einen Fußweg, auf dem ich gut vorwärts kam.

Nach zehn Minuten gelangte ich auf eine breite Grasnarbe und sah unter mir die Straße sich in einer Haarnadelkurve winden. Ich hatte nicht viel Zeit, deshalb rannte ich so schnell ich konnte die Straße wieder hinauf zum Parkplatz. Die Limousine war ein Leihwagen. Es hatte also keinen Sinn, nach Papieren zu suchen. Ich schraubte das Ventil am rechten Hinterreifen auf und ließ die Luft aus dem Reifen. Das Zischen klang so laut, daß ich meinte, man müßte es bis Los Angeles hören können. Am liebsten hätte ich auch beim anderen Reifen noch die Luft herausgelassen, aber dazu blieb mir keine Zeit. Ich sprintete zum Buick zurück, sprang hinter das Steuer und ließ den Motor an. Gerade als ich aus dem Parkplatz herausbrauste, tauchte der kleine Mann aus dem Unterholz auf.

Er sperrte Mund und Nase auf, während ich das Gaspedal noch weiter herunterdrückte und den Buick in die erste S-Kurve hineinsteuerte. Ich war wieder auf der Fahrt nach Pine Lake, und jetzt folgte mir niemand mehr.

Nicht lange nach diesem Zwischenfall begann ein Nieselregen die Fahrt ungemütlich zu gestalten. Ich hielt an, um das Verdeck hochzukurbeln. Nebelschwaden tauchten immer wieder wie undurchsichtige Mauern vor dem Wagen auf, und ich mußte meine ganze Aufmerksamkeit dem Wagen widmen. Ich war froh, als ich gegen sieben Uhr zu der Straßengabelung nach Pine Lake gelangte. Die Straße verengte sich, führte am felsigen Ufer des Sees entlang, über eine Brücke, dann wieder bergauf zu einem Kamm, der ein Stück um den See herumlief. Dort oben lag Pine Ridge, ein Dorf, in dem im Sommer die erholungssuchenden Städter Ferien zu machen pflegten.

Die Räder des Buick rauschten über eine asphaltierte Straße. Zu beiden Seiten der Straße tauchten jetzt weiße Briefkästen der verstreut daliegenden Häuser aus dem Grau des Abends. Wieder rumpelte der Buick über eine Brücke, unter der schäumendes Wildwasser zum See hin schoß, und dann ging es wieder bergab, um Kurven herum, zwischen Villen und bescheidenen Holzhäusern hindurch.

Die Straße war menschenleer, doch auf der Fahrt in den kleinen Ort passierte ich mehrere Fahrzeuge. Auf der grauen Oberfläche des Sees bildeten sich, vom Wind aufgepeitscht, kleine, weiße Schaumkronen. Das Tuckern eines Motorbootes klang aus der Ferne herüber.

Das vertraute Schild mit der Aufschrift ›Pine Ridge heißt seine Besucher willkommen‹ tauchte vor mir auf und gleich danach das Pine Ridge Inn. Ich steuerte den Wagen auf den Parkplatz, schlüpfte in meinen Trenchcoat und stieg aus. Über Pfützen hinweg sprang ich zur einzigen Straße des Ortes Pine Ridge. Da gab es eine Bar, einen Drugstore, ein Lebensmittelgeschäft und eben das Restaurant. Das war alles.

Im Drugstore saßen zwei junge Männer in Windjacken, ein zerknitterter, alter Philosoph, wie man ihn in jedem Ferienort antrifft, und ein schlankes, blondes Mädchen von ungefähr neunzehn Jahren mit Pferdeschwanz, ausgewaschenen Blue jeans und rotem Pullover. Der Mann an der Theke hatte fettglänzendes, schwarzes Haar und ein unwirsches, rotes Gesicht. Trotzdem begrüßte er mich freundlich, und ich zeigte mich erkenntlich, indem ich ein Cola bestellte, das ich eigentlich gar nicht wollte.

»Ich suche einen Mann namens Pop Martin«, sagte ich zu dem Mann hinter der Theke.

Er lächelte. »Oh«, versetzte er nur und begann die grüne Resopalplatte mit einem feuchten Tuch zu bearbeiten.

»Können Sie mir vielleicht sagen, wo ich ihn finde?« fragte ich den wortkargen Menschen.

Der dunkelhaarige Mann blickte auf.

»Tut mir leid, Mister«, sagte er. »Die junge Dame hier kann Ihnen vielleicht helfen. Ich bin neu hier. Erst gestern aus Los Angeles angekommen. – Der Herr hier sucht Pop Martin, Fräulein.«

Das Mädchen rutschte von seinem Hocker und kam näher. Es hatte fabelhaft lange Beine, und ihre Zähne blitzten wie auf einer Zahnpastareklame, als sie lächelte. Sie streckte mir eine kleine, braungebrannte Hand hin.

»Hallo!« sagte sie. »Ich bin Julie Nordstrom.«

»Mike Faraday«, erwiderte ich. »Ich möchte mich hier ein paar Tage vom Stadtleben ausruhen. Pop Martin hat den Schlüssel zum Haus, und ich möchte gern hinein, ehe es dunkel wird.«

»Natürlich«, meinte sie. »Ich muß sowieso in diese Richtung. Haben Sie einen Wagen?«

»Ja.«

Ich trank mein Cola aus, und wir gingen hinaus. Es war jetzt dunkler geworden. Die Fläche des Sees begann mit der schwarzen Kette der Berge zu verschmelzen.

»Schön, nicht wahr?« sagte das Mädchen.

»Ja«, antwortete ich.

Ich öffnete die Wagentür, und sie stieg ein. Schweigend fuhren wir den Hügel hinauf. Sie deutete auf ein kleines Haus in der Nähe eines Holzstegs, der in den See hinausragte.

»Hier wohnt Pop Martin. Waren Sie schon einmal hier?«

»Ein paarmal«, antwortete ich.

Sie sah mich an. Aus der Nähe sah sie noch besser aus.

»Wieso wußten Sie dann nicht, wo Pop Martin wohnt?«

»Weil ich bisher den Schlüssel zur Bürozeit im Anglergeschäft im Ort abgeholt habe, Miss Nordstrom«, erwiderte ich. »Reicht Ihnen das als Antwort?«

Sie lächelte. »Vorläufig ja. Sehen wir uns morgen?«

»Sicher. Ich wohne in Dexters Haus. Kann ich Sie nach Hause bringen?«

Sie schüttelte den Kopf.

»Ich habe nicht mehr weit. Dexters Haus ist ganz in der Nähe. Also dann bis morgen, Mr. Faraday.«

»Bis morgen, Miss Nordstrom«, sagte ich.

Ich wartete, bis sie nur noch ein verschwommener Schatten in der Abenddämmerung war, und stieg dann aus dem Wagen. Es hatte aufgehört zu regnen und es war nicht kalt. Ich ließ meinen Trenchcoat im Wagen liegen.

Auf mein Läuten flammte in dem kleinen Haus Licht auf. Die Tür wurde geöffnet. Ein altes Gesicht, runzelig und zerknittert, erschien in der Öffnung.

»Mein Name ist Faraday, Mr. Martin«, stellte ich mich vor. »Ich war schon verschiedentlich hier. Mr. Dexter hat mir freundlicherweise die Erlaubnis gegeben, in seinem Haus zu übernachten. Er sagte, den Schlüssel sollte ich mir bei Ihnen abholen.«

Pop Martin zog die Tür ein Stück weiter auf.

»Natürlich, Mr. Faraday. Kommen Sie herein«, sagte er. »Mr. Dexter hat mich schon angerufen. Ich hole rasch den Schlüssel. Haben Sie schon gegessen?«

»Ich setze mich ins Gasthaus«, erwiderte ich, »wenn es offen ist.«

»Oh, ja«, sagte Pop Martin. »Es ist offen. Warme Küche gibt es bis elf Uhr. Wissen Sie den Weg noch oder soll ich mitkommen?«

Ich schüttelte den Kopf.

»Nicht nötig, Mr. Martin. Bettzeug ist doch sicher im Haus?« fragte ich vorsichtshalber.

Der alte Mann nickte. »Es ist alles da, was Sie brauchen, Mr. Faraday. Ich sehe fast jeden Tag nach dem rechten. Man weiß ja nie, wann Mr. Dexter auftaucht. Und wenn Sie etwas brauchen sollten, dann wissen Sie ja, wo ich zu finden bin.«

Er reichte mir die Schlüssel.

»Vielen Dank«, sagte ich.

Ich ging die Treppe hinunter und kehrte zu meinem Wagen zurück. Hinter mir wurde geräuschvoll die Tür geschlossen. Ich steuerte den Buick bergauf, in der gleichen Richtung, die zuvor das Mädchen eingeschlagen hatte. Ungefähr einen Kilometer weiter erreichte ich das Haus, ein flacher Bungalow aus Zedernholz mit einer gekiesten Auffahrt und einer gepflegten Rasenfläche. Neben dem Haus stand eine Garage mit gelber Tür. Von ihr führte ein überdachter Gang ins Haus. Ich lenkte den Buick in die Auffahrt und hielt vor der gelben Tür an. Mit meiner Reisetasche stieg ich aus, ging zur Vorderveranda und stellte die Tasche ab.

Dann kehrte ich zum Wagen zurück. Ich sperrte die Garage auf und knipste das Licht an. Als ich meinen Trenchcoat vom

Rücksitz nehmen wollte, stieß meine Hand gegen einen festen kalten Gegenstand. Im trüben Licht der Innenbeleuchtung konnte ich nicht erkennen, was es war, deshalb trug ich ihn zur erleuchteten Garage. Es war ein großes Notizbuch, in Leder gebunden, mit einem Messingschloß.

4

Ich schlug die Wagentür zu und eilte die Stufen zur Veranda hinauf. Die Luft schien mir plötzlich frostig, und das Notizbuch brannte mir in der Hand. Ich steckte es ein, sperrte die Haustür auf und stellte meine Reisetasche in den Flur. Dann rannte ich zum Wagen zurück, fuhr ihn in die Garage, knipste das Licht aus und war innerhalb von dreißig Sekunden wieder im Haus.

Ich schloß die Tür hinter mir ab und zog im großen, holzgetäfelten Wohnzimmer die Vorhänge zu. Ehe ich das Buch hervorholte, schenkte ich mir an Dexters Hausbar einen doppelten Whisky ein und inspizierte das ganze Haus, um sicherzugehen, daß ich keine ungebetenen Gäste hatte. Die Hintertür war abgeschlossen. Das Bett im Schlafzimmer sah frischbezogen aus, und in der Speisekammer standen jede Menge Konserven. Pop Martin sorgte wirklich gut für Dexter. Ich warf meine Tasche auf das Bett, packte meine Habseligkeiten aus und legte meine Toilettensachen und meinen Pyjama zurecht. Dann sah ich auf die Uhr. Es war noch ziemlich früh am Abend. Ich wollte nachher noch einen Spaziergang am See machen und dann vor der Heimkehr im Pine Ridge Inn essen. Ich schaltete im Schlafzimmer das Licht aus und kehrte in den Wohnraum zurück. Am einen Ende befand sich ein großer, offener Kamin, am anderen Ende führten einige Stufen zu einem Alkoven hinauf. Die Wand dort war mit Jagdtrophäen und einer Waffensammlung geschmückt.

Ich ging hinauf und sah mir die Waffen an. Zum größten Teil handelte es sich um Sport- und Jagdgewehre, die sich, wie sich das gehörte, unter sicherem Verschluß befanden. Ich schlenderte ins Wohnzimmer zurück, holte mir meinen Whisky von der Bar und schaltete die elektrische Heizsonne im Kamin ein. Dann ließ ich mich auf einem braunen Ledersofa nieder und zog das Buch heraus.

Ich legte es neben mich auf das Sofa, blickte stirnrunzelnd darauf nieder und steckte mir eine Zigarette an. Nachdenklich blies ich den Rauch zur Decke und trank einen Schluck Whisky, ehe ich das Buch erneut zur Hand nahm. Auf dem Einband prangten in goldenen Lettern die Initialen D. C. Das Schloß war abgeschlossen.

Ich eilte hinaus in die Küche und kramte in den Schubladen. Es dauerte nicht lange, da fand ich, was ich wollte – einen altmodischen Büchsenöffner. Ich brach das Schloß auf.

Ich weiß nicht, was ich erwartete, aber ich war überrascht. Ich brauchte fast eine Stunde, um das Buch durchzusehen, und als ich fertig war, sah ich auf meine Uhr und stellte fest, daß es fast neun war. Zeit zu gehen, wenn ich an diesem Abend noch etwas zu essen haben wollte. Das Buch enthielt nichts als Fakten und Zahlen, doch nach einem Studium von beinahe einer Stunde kristallisierte sich ein ziemlich klares Bild heraus. Ich ahnte jetzt, weshalb der Bürgermeister von Los Angeles ermordet und in meinem Wagen deponiert worden war. Das heißt, ich hatte eine Vorstellung, welches Motiv die Mörder getrieben hatte; warum sie ausgerechnet auf mich verfallen waren, das war mir noch immer schleierhaft.

Die Initialen auf dem Einband des Buchs konnten meiner Ansicht nach nur für Dwight Cartwright stehen. Folglich hatte das Buch dem Bürgermeister von Los Angeles gehört. In seinem Inneren war beinahe jede Seite mit Hieroglyphen und Ziffern gefüllt, die wohl Geldbeträge bedeuteten. Jeder Gruppe von Zahlen stand eine zweite Summe gegenüber. Im letzten Teil des Buches fand ich den Schlüssel zu den Hieroglyphen. Als ich den Code dechiffriert hatte, stellte ich fest, daß die aufgeführten Beträge sich auf Ausgabenposten wie Wohnungsbau, Müllabfuhr, Rettungsdienst, Polizei und Feuerwehr bezogen. Und jedem Posten standen zweierlei Beträge gegenüber.

Das eine, vermutete ich, mußte die wahre Summe sein, das andere der Bucheintrag. Die Diskrepanzen zwischen den Beträgen beliefen sich auf beachtliche Summen. Und so ging es das ganze Buch hindurch, für jeden Monat genaue Eintragungen, über einen Zeitraum von nahezu acht Jahren. Mir fiel ein, daß nach Angaben des ›Examiner‹ der Bürgermeister in diesem Monat gerade das achte Jahr seiner Amtszeit beendet hätte.

Jetzt wußte ich, was zur Beseitigung von Cartwright geführt

hatte; eines der unverschämtesten Unterschlagungs- und Korruptionsmanöver, das Kalifornien je erlebt hatte.

Dennoch war beileibe nicht alles klar. Immer noch war die Frage offen, warum man gerade mich zum Sündenbock hatte machen wollen. Das Motiv für den Mord war mir begreiflich; wahrscheinlich hatte sich einer von des Bürgermeisters lichtscheuen Geschäftspartnern betrogen geglaubt. Doch wie war das Buch auf den Rücksitz meines Wagens gelangt? Cartwright konnte es dort nicht hinterlassen haben. Er war ja schon tot gewesen, als man ihn in meinen Wagen gesetzt hatte. Und die Tatsache, daß man sogar die Etiketten aus seinen Kleidern entfernt hatte, schien mir zu beweisen, daß so gründliche Leute das große, auffallende Notizbuch bestimmt nicht übersehen hätten. Wahrscheinlich gab es eine ganz simple Erklärung, doch im Moment kam ich nicht darauf.

Ich stand auf, leerte mein Glas und zog meinen Trenchcoat über. Nachdem ich die Lichter ausgeschaltet und das Haus abgeschlossen hatte, trat ich meinen Spaziergang an. Die frische Luft, die vom See kam, tat mir gut. In einigen der Häuser dudelten Radios, und unterwegs traf ich ein paar Leute, die mir höflich guten Abend wünschten. Ich kam an Pop Martins Haus vorüber, das jetzt ganz im Dunkel lag, und dann trat ich in die Neonbeleuchtung der einzigen Hauptstraße von Pine Ridge. Das Gasthaus war hell erleuchtet, und von einer Jacht, die im See verankert lag, klang Musik herüber.

Ich wanderte über den gepflasterten Vorplatz vor dem Restaurant, stieg die wenigen, aus Stein gehauenen Stufen hinauf und gelangte in ein Foyer, in dessen Mitte ein großer künstlicher Teich mit Goldfischen angelegt war. Ein hochgewachsenes, brünettes Mädchen kam hinter dem Empfangspult hervor, als ich nähertrat. Sie trug eine lange Hose mit einem eng geschnallten Ledergürtel, Cowboystiefel und ein Wildlederhemd mit Fransen. Ich hielt nach den messingbeschlagenen Revolvern Ausschau, doch die fehlten.

»Abendessen, Sir, oder möchten Sie ein Zimmer?« fragte sie.

»Nur Abendessen«, antwortete ich.

»Geradeaus und dann links«, sagte sie und drückte die Glastür für mich auf. »Der Caribou-Saal ist bis Mitternacht geöffnet. Da wird man Ihre Wünsche gewiß erfüllen können.«

»Ihr Angebot muß ja recht umfassend sein«, bemerkte ich.

Ich ging weiter, ehe sie eine schnippische Erwiderung machen konnte. Ihre Cowboystiefel klapperten über die Fichtendielen im Foyer, als ich den Korridor entlang marschierte.

In dem großen Saal mit dem riesigen Fenster zum See hinaus saß vielleicht ein Dutzend Leute verstreut, und ein weiteres Dutzend in einem kleinen Nebenzimmer, eine private Gesellschaft offenbar nach dem dröhnenden Gelächter zu urteilen, das hin und wieder erschallte.

Der Ober, ein langer, schlaksiger Bursche mit sandblondem Haar und einem Glasauge führte mich zu einem Tisch am Fenster. Ich bestellte mir ein saftiges Steak und eine halbe Flasche Wein dazu. Danach trank ich Kaffee und rauchte und überdachte die Ereignisse der vergangenen Woche. Dies war offenbar einer der besseren Tage. Obwohl mir gelegentlich rätselhaft war, was, zum Teufel, ich hier oben zu suchen hatte.

Das dröhnende Gelächter aus dem Nebenzimmer verstummte, der Speisesaal leerte sich allmählich. Dennoch blieb ich noch eine Weile sitzen. Ich wußte selbst nicht, worauf ich wartete. Noch einmal vergegenwärtigte ich mir die Umstände von Cartwrights Verschwinden. Im ›Examiner‹ hatte ich gelesen, daß er eines Abends sein Haus noch einmal verlassen hatte, um, wie er seiner Frau erklärte, im Büro noch etwas zu erledigen. Was er zu erledigen hatte, sagte er ihr nicht. Keiner seiner Kollegen bei der Stadtverwaltung, keiner seiner Geschäftsfreunde, keiner seiner Bekannten hatten ihn an jenem Abend gesehen. Und seit jenem Abend hatte auch sonst niemand mehr ihn gesehen. Außer mir und den Leuten, die ihn ermordet hatten.

Der einäugige Ober tauchte wieder auf. Sein gesundes Auge war auf die Uhr gerichtet, sein Glasauge auf mich. Daraus schloß ich, daß es Zeit war, an den Aufbruch zu denken. Ich ließ ihm ein großzügiges Trinkgeld da, um mich auch in Zukunft seiner guten Bedienung zu versichern und fragte dann, ob ich irgendwo telefonieren könnte.

»Im Foyer, Sir«, antwortete er. »Die Zellen sind rechts.«

Ich machte mich auf den Weg. Die Fische im Aquarium glotzten mich gelangweilt an, als ich ins Foyer trat. Nirgends war eine Menschenseele zu sehen. Sogar die amazonenhafte Empfangsdame war verschwunden. Ich betrat eine der Telefonzellen und rief Stella an. Sie meldete sich sofort.

»Nun, wie bekommt dir das Leben in der Wildnis?« erkundigte sie sich.

»Soweit ganz gut. Nur ein bißchen feucht ist es«, antwortete ich. »Irgend etwas passiert?«

»Gar nichts«, erklärte sie. »Aber die Liste habe ich, Mike.«

»Deswegen habe ich angerufen. Kannst du mir die Namen angeben oder hast du die Liste im Büro?«

»Ich glaube, die meisten weiß ich noch auswendig«, erwiderte sie. »Die Adressen brauchst du ja jetzt sowieso nicht.«

Ich zog einen alten Briefumschlag aus meiner Brusttasche und schrieb die Namen nieder, die sie mir angab.

»Ich werde dich jeden Tag anrufen«, sagte ich, als Stella fertig diktiert hatte. »Vielleicht komme ich eine Weile in die Stadt zurück, aber im Büro lasse ich mich bestimmt nicht sehen. In Dexters Haus gibt es kein Telefon. Wenn du mich unbedingt erreichen mußt, kannst du aber bei Pop Martin anrufen.«

Während ich sprach blätterte ich im Telefonbuch und suchte Martins Nummer heraus.

»Aber lasse sie nicht im Büro herumliegen, wo jeder sie sehen kann«, sagte ich, nachdem ich sie ihr angegeben hatte.

»Also hör mal!« rief sie entrüstet.

»Etwas Neues über Cartwright?« erkundigte ich mich.

»Darauf wollte ich eben kommen«, sagte Stella. »McGiver hat heute nachmittag angerufen. Er wollte noch einige nähere Angaben zu deiner Aussage über die Ermordung von Charles Horrocks.«

»Charles wer?« fragte ich.

»Den Mann vom Zeitungskiosk.«

»Ach, Gimpy?« rief ich. »So hieß der also.«

»Ja, ja, aber das ist unwichtig«, versetzte Stella. »So nebenbei erwähnte McGiver, daß heute eine Leiche angetrieben worden ist. Er deutete an, daß es sich um den Bürgermeister handeln könnte. Aber man hat noch nichts davon verlauten lassen, deshalb stand auch nichts in den Zeitungen. Aber morgen werden sie es sicher bringen.«

»Tausend Dank, Süße«, sagte ich. »Bis morgen.«

Ich legte auf und trat aus der Zelle. Ich nahm meinen Trenchcoat vom Garderobenständer, wo ich ihn bei meinem Eintritt aufgehängt hatte, und schlenderte hinaus auf die Hauptstraße. Kein Mensch war mehr unterwegs, doch von der Jacht schallte immer noch Musik herüber. Ein Dunstschleier hing über dem See, in dem sich wie bleiche Monde die Lichter aus den Bullaugen der Jacht spiegelten.

Wasser tropfte von den Bäumen, als ich am Ufer entlang zum Haus zurückwanderte. Hin und wieder durchbrach der Schrei einer Eule die nächtliche Stille.

Ich hatte das Außenlicht am Haus brennen lassen, als ich losgegangen war. Jetzt blickte ich mich aufmerksam um, während ich über den Gartenweg zur Tür schritt. Doch nichts rührte sich, alles war still und friedlich.

5

Am folgenden Morgen war ich schon um sieben Uhr auf. Noch hing Nebel über dem Wasser, doch ein bläulicher Schimmer verriet, daß der Tag später aufklaren würde. Ich rasierte mich, zog mich an und schaltete das Radio ein. Nach den neuesten Nachrichten aus der Politik kam der Sprecher zu dem, worauf ich wartete.

»Gestern wurde etwa acht Kilometer südlich von Los Angeles die Leiche des Bürgermeisters von Los Angeles, Dwight Cartwright, an Land gespült. Die Polizei erklärte dazu, daß sie die Nachricht von seinem Tod nicht sofort bekanntgegeben habe, weil man zunächst gewisse Untersuchungen anstellen und die Familie des Bürgermeisters unterrichten wollte. Nach Auffassung der Polizei wurde Bürgermeister Cartwright das Opfer eines Mordes.«

Der Sprecher erzählte danach eine Menge Zeug, das mir bereits bekannt war, doch einiges war mir neu.

»Der einundfünfzigjährige Bürgermeister, dessen Hobby das Sammeln mittelalterlicher Waffen war, mit denen er mit gleichgesinnten Sammlern Duelle auszufechten pflegte, war Präsident des Waffen-Clubs von Los Angeles«, fuhr die routinierte Stimme fort. »Die Mitglieder des Klubs hörten heute mit Bestürzung . . .«

Ich knotete meine Krawatte und ging zum Fenster, um auf den See hinauszublicken, während ich mir den Rest anhörte. Ich dachte wieder an die rot-grün gestreifte Krawatte, die Cartwright getragen hatte. Vielleicht war das das Mitgliedszeichen des Waffenklubs gewesen. Auf jeden Fall bot sich hier eine Spur, die näher zu erforschen sich vielleicht lohnen würde; vielleicht wußten einige seiner Freunde etwas, was es mir ermöglichen würde, die Verbindung zwischen Cartwright und den Leuten herzustellen, die mir an den Kragen wollten. Mir fiel ein, daß Dexter Mitglied des Klubs war. Eine ganze Reihe von Filmleuten gehörte ihm an. Die Schaukämpfe gaben ihnen Gelegenheit, sich auf ihre Heldenrollen vorzubereiten.

Ich kehrte ins Schlafzimmer zurück und holte den Smith & Wesson unter dem Kopfkissen hervor. Ich steckte ihn wieder ins Schulterhalfter und zog mein Jackett darüber. Mit zusammengezogenen Brauen blickte ich auf das schwarze Notizbuch. Die goldglitzernden Initialien schienen mir zuzuzwinkern. Ich steckte es in meine Brusttasche und wanderte in die Küche. Zuerst schaltete ich den elektrischen Ofen ein, dann suchte ich aus einer Schublade Schnur und Packpapier heraus. Ich packte das Buch ein, verschnürte es und schrieb Stellas Privatadresse auf das Paket. Auf diese Weise würde Bürgermeister Cartwrights interessante Liste zumindest für die nächsten zwei Tage in Sicherheit sein. Stella würde ich Bescheid geben, wenn ich sie das nächstemal anrief.

Ich hatte das Paket gerade fertig gepackt, als ich hörte, wie jemand die Hintertür zu öffnen versuchte. Hinter dem Haus lag eine große Terrasse mit Blick auf den See. Ich warf das Päckchen in den leeren Mülleimer unter der Spüle und huschte leise zur Hintertür. Mit dem Smith & Wesson in der Hand riß ich sie auf.

Ich kam mir ziemlich albern vor, aber ich hatte die fliegende Mülltonne, den langsam zusammensackenden Gimpy und den starren Ausdruck auf dem Gesicht des Bürgermeisters noch nicht vergessen. Ein Windstoß fuhr plötzlich durch die Bäume, daß sie ächzten. Sonst rührte sich nichts. Ich schloß die Tür wieder und ging in den Flur. Da hörte ich Geräusche an der vorderen Tür.

Lautlos durcheilte ich den Flur und zog die Tür auf, die in den überdachten Gang zur Garage führte. Im Dunkeln schlich ich vorwärts, huschte in die Garage und erklomm vorsichtig die Motorhaube des Buick. Über der Garagentür war eine Öffnung. Ich spähte hinüber zur vorderen Veranda des Hauses.

Ein blondes Mädchen mit Pferdeschwanz stand auf dem Rasen vor dem Haus und blickte zu mir herüber. Die langen Beine steckten in einer beigefarbenen langen Hose, und die vollen Brüste spannten das karierte Männerhemd, das sie trug. Ich wollte eilig den Kopf einziehen, doch sie hatte mich schon gesehen.

»Olala, sind wir aber über Nacht gewachsen«, sagte Julie Nordstrom.

Ich sprang von der Motorhaube, steckte den Smith & Wesson ein, eilte durch den Verbindungsgang ins Haus und öffnete die Tür.

»Sieht komisch aus, ich weiß, aber wenn niemand da ist, mache ich immer Klimmzüge«, erklärte ich. »Im Herbst gehe ich nämlich mit einem Zirkus auf Reisen.«

»Natürlich, jetzt ist mir alles klar«, erwiderte sie gelassen. »Der Gedanke, daß Ihre Familie vielleicht zu Geisteskrankheiten neigt, war mir zu schrecklich.«

Im Morgenlicht sah sie noch besser aus als am Abend zuvor. Ihre weißen Zähne blitzten unter vollen Lippen, die sie hin und wieder mit einer kleinen, rosigen Zunge befeuchtete.

»Ich dachte, Sie hätten vielleicht Lust auf ein kräftiges Frühstück«, sagte sie. »Wollen Sie nicht zu uns herüberkommen? Wir wohnen nur zwei Häuser weiter.«

Ich sah auf meine Uhr. Es war erst kurz vor neun.

»Das ist sehr nett«, antwortete ich. »Wer ist ›wir‹?«

»Nur mein Großvater und ich«, erwiderte sie. »Ich dachte, es würde Ihnen vielleicht Spaß machen, wo Sie doch erst den ersten Tag hier sind. Es ist so langweilig, für sich allein zu kochen.«

»Kommen Sie herein, Miss Nordstrom«, sagte ich. »In einer halben Minute bin ich fertig.«

Sie lächelte. Das Lächeln hellte das Grau des dunstigen Morgens auf.

»Nennen Sie mich ruhig Julie«, sagte sie.

»Werde ich mir merken.«

Ich rannte in die Küche und holte das Päckchen aus dem Mülleimer. Ich versteckte es unter meinem gefalteten Regenmantel und ging durch den Flur zur Garage. Dort legte ich das Päckchen ins Handschuhfach des Buick und ließ meinen Mantel auf dem Fahrersitz liegen. Dann schloß ich den Wagen ab und kehrte zu dem Mädchen im Vorsaal zurück.

Wir brauchten nur knapp dreihundert Meter zu gehen. Das Haus war groß, aus Naturstein gebaut, der von den felsigen Ufern des Pine Lake stammte. Ein Teil der Fassade war mit

Zedernholz vertäfelt und lockerte die Strenge der Linienführung ein wenig auf. Rund um das Haus zog sich ein Balkon, von dem man bei Sonnenschein einen herrlichen Blick auf das Land haben mußte.

Wir schlenderten den mit Steinen gepflasterten Pfad entlang, der sich durch einen terrassenförmig angelegten Garten wand. Ein kleiner Bach sprang plätschernd von Terrasse zu Terrasse und ergoß sich in ein Steinbett, das direkt zum See führte.

Ich stand da und bewunderte die Pracht, und das Mädchen beobachtete mich mit einem Ausdruck leichter Belustigung. Doch ich konnte sehen, daß sie über meine Bewunderung erfreut war.

Dann gingen wir ins Haus. Julie Nordstroms Großvater war ein imposanter, alter Herr, der sich so kerzengerade hielt wie ein Soldat. Er trug einen salz- und pfefferfarbenen Anzug und eine grün gepunktete Fliege, die in lebhaftem Kontrast zu dem strengen Nadelstreifenhemd stand. Er erhob sich, als wir durch die Tür kamen, und schritt uns entgegen.

»Das ist Mr. Faraday, Großvater«, stellte das Mädchen mich vor. »Er ist fast unser Nachbar.«

»Freut mich, Sie kennenzulernen, Mr. Faraday«, sagte der alte Herr und schüttelte mir herzhaft die Hand. Er packte fest zu. »Sie kennen meine Enkelin wohl schon länger?«

Ich sah Julie Nordstrom an. Sie begegnete meinem Blick, ohne mit der Wimper zu zucken.

»Wir sehen uns hie und da in Los Angeles«, antwortete ich.

Der alte Herr führte uns zum gedeckten Tisch. Silber blitzte, und es roch appetitlich nach Kaffee und gebratenem Schinkenspeck.

»Zu essen ist genug da, Mr. Faraday. Bitte bedienen Sie sich«, forderte er mich auf. »Wir halten hier oben nicht viel von Formalitäten. Julie, schenke Mr. Faraday eine Tasse Kaffee ein.«

Das Mädchen trat zu einer langen Anrichte, auf der silbernes Geschirr stand.

»Möchten Sie lieber Waffeln oder Cornflakes, Mike?« fragte sie. »Eier und Schinken kommen nach.«

»Waffeln, Julie«, sagte ich, und sie brachte mir einen Teller voll goldgelber, von Sirup tropfender Waffeln. »Es ist wirklich nett von Ihnen, mich einzuladen, Sir«, wandte ich mich an den alten Herrn.

»Aber gar nicht«, versetzte der. »Wenn meine Enkelin da ist, haben wir offenes Haus.« Er biß in eine Scheibe Toast und lachte. »Mich will sowieso niemand besuchen.«

»Großvater ist zum Fischen heraufgefahren«, erklärte Julie.

Der alte Herr sah mich interessiert an.

»Fischen Sie, Mr. Faraday?«

»Mehr schlecht als recht«, antwortete ich.

»Was Mr. Faraday eigentlich tut, ist ein großes Geheimnis«, warf Julie verschmitzt ein.

»Du wirst das schon noch herauskriegen, neugierig wie du bist«, versetzte der alte Herr.

Er lächelte mir zu, während er sprach, und redete weiter, als wäre das Mädchen gar nicht vorhanden. Sie schob ein Stück Toast in den Mund und leckte sich säuberlich nicht vorhandene Krümel von den Fingern. Ihre Augen waren auf mein Gesicht geheftet. Es waren hübsche Augen, klar und kühl und offen, und es fiel mir schwer, mich auf das zu konzentrieren, was der alte Herr erzählte.

»Leben Sie schon lange in Los Angeles, Mr. Faraday?« fuhr er fort. »Es hat sich in den letzten dreißig Jahren schrecklich verändert.«

Er wartete meine Antworten auf seine Fragen gar nicht ab, sondern sprach einfach weiter.

»Damals war die Stadt noch schön. Keine Industrie, kein Smog, keine Luftverschmutzung, kein Gestank.« Er schnaubte so entrüstet, daß ich fürchtete, er würde an seinem Toast erstikken. »Die Zitronen- und Orangenhaine reichten bis zur Küste hinunter, und der Duft der Blüten erfüllte die ganze Umgebung.« Er lächelte und sah mich an. »Sie müssen einem alten Mann seine Melancholie verzeihen, Sir. Ich bin Architekt, und es bricht mir das Herz, wenn ich sehen muß, was man aus dieser Stadt gemacht hat. Zu meiner Zeit war es wunder-, wunderschön dort. Die Luft war so klar und rein, daß man beinahe bis San Francisco sehen konnte.«

»Ja, es muß schön gewesen sein«, bemerkte ich. »Das werden wir nie wieder erleben.«

Der alte Mann seufzte tief und trank einen Schluck Kaffee. Julie Nordstrom schüttelte ihren Pferdeschwanz und sandte einen warnenden Blick zu mir herüber.

»Mr. Faraday ist nicht hergekommen, um sich deine Erinnerungen anzuhören, Großvater«, sagte sie nachsichtig. »Lieber Himmel, du redest ja, als gäbe es hier überhaupt nichts Schönes mehr. Dabei ist Kalifornien immer noch ein herrliches Land. Denke nur an die alten spanischen Missionen, und Orangenhaine gibt es auch noch. Und dann der See hier. Der kann sich doch nicht so unheimlich verändert haben. Höchstens ein paar mehr Häuser sind jetzt da.«

Der alte Herr blickte auf.

»Vielleicht hast du recht, Kind«, sagte er, »aber ich fand es eben herrlich, in meinem alten Ford morgens ins Büro zu fahren, ohne im Verkehrsgewühl steckenzubleiben.«

»Das ist purer Egoismus«, stellte das Mädchen ruhig fest.

Sie stand auf und ging zur Anrichte. Gleich darauf stellte sie einen großen Teller mit Schinken und Ei und Nierchen vor mich hin. Sie sprachen so unbefangen weiter, daß ich das Gefühl hatte, zur Familie zu gehören.

Nach dem Frühstück entschuldigte sich der alte Herr und sagte, er wollte nach seinem Boot sehen.

»Es hat mich sehr gefreut, Sie kennenzulernen, Mr. Faraday«, erklärte er und schüttelte mir die Hand. »Ich hoffe, wir werden uns bald einmal wieder sehen.«

Sein Blick wanderte beifällig von mir zu seiner Enkelin.

»Aber sicher«, erwiderte ich. »Sie müssen abends einmal auf einen Drink zu mir kommen. Ich wohne ja nur zwei Häuser weiter.«

Eine Negerin mit einem gutmütigen Gesicht kam herein und machte sich daran, den Frühstückstisch abzudecken. Julie und ich traten auf den Balkon. Die Sonne war jetzt hervorgekommen, und der See leuchtete klar und grün. Ein kleines Segelboot schaukelte auf den glitzernden Wellen.

»Was haben Sie eigentlich für einen Beruf, Mike?« erkundigte sich das Mädchen.

Sie hatte mir den Rücken zugewandt. Ihre Arme lagen auf dem Balkongeländer, und sie blickte zum See hinaus.

»Das ist doch ganz nebensächlich, Julie«, erwiderte ich.

»Ich hätte nicht fragen sollen«, sagte sie mit bedrückter Stimme.

»Ich wollte nicht unhöflich sein«, bemerkte ich. »Aber wir kennen einander ja kaum, und so wichtig ist das sicher nicht.«

»Das habe ich ja auch gar nicht behauptet«, versetzte sie. »Es spielt überhaupt keine Rolle.«

»Wenn es wirklich so wichtig ist, dann werde ich es Ihnen verraten«, sagte ich. »Aber lassen wir das doch jetzt lieber.«

»Es ist überhaupt nicht wichtig«, versicherte sie wieder.

Sie drehte sich um, und jetzt lächelte sie.

»Sie leben mit Ihrem Großvater zusammen, oder haben Sie auch Eltern?« fragte ich, eigentlich nur, um etwas zu sagen.

»Meine Eltern sind schon seit langem geschieden«, antwortete sie. »Ich habe meinen Großvater immer geliebt, und als meine Großmutter starb, zog ich zu ihm. Das schien die beste Lösung.«

»Ich weiß nicht einmal den Namen Ihres Großvaters«, bemerkte ich.

Julie sah mich überrascht an.

»Gunnar Wallstrand«, sagte sie. »Ich dachte, in Los Angeles kennt ihn jeder.«

»Das stimmt auch«, bestätigte ich. »Nur sind die wenigen Fotos von ihm so schlecht, daß man ihn gar nicht erkennen kann, wenn man ihn dann in Fleisch und Blut vor sich sieht.«

Ich hatte einige seiner Bauten gesehen. Er war ein guter Architekt. Gerade, als ich eine entsprechende Bemerkung machen wollte, kam die Stimme des alten Herrn aus dem Bootshaus unten am Strand.

»Ich muß jetzt gehen«, erklärte Julie eilig. »Sehen wir uns heute abend?«

»Morgen«, gab ich zurück. »Ich muß in die Stadt, und wenn ich rechtzeitig zurück bin, führe ich Sie zum Abendessen aus.«

»Das wäre nett«, sagte Julie.

Sie pustete mir einen Kuß zu und rannte dann die Treppe am anderen Ende des Balkons hinunter. Ich folgte ihr gemächlicheren Schrittes und wanderte zu Dexters Haus zurück. Nachdenklich holte ich den Buick aus der Garage und fuhr los.

6

Nach etwa acht Kilometern Fahrt bog ich von der Seestraße ab und steuerte den Wagen in die Berge hinein. Ich wollte in eine kleine Stadt namens Morton Glade, die nicht allzu weit abseits von der Route nach Los Angeles lag. Unterwegs hielt ich an einer Tankstelle, ließ den Tank voll machen und Öl und Reifendruck prüfen. Während ich wartete, überflog ich die Liste von Namen, die Stella mir am vergangenen Abend diktiert hatte. Einer der Namen war der von Adrian Ponsford, dem stellvertretenden Hüter der Stadtkasse. Wenn die Gelder der Stadt wirklich veruntreut worden waren, dann mußte er davon wissen. Ich runzelte die Stirn. Die Frage war nur, wie ich mich in den Fall einschalten sollte, ohne Verdacht zu erregen.

Ich konnte es mir vorstellen. Guten Tag, Mr. Ponsford, ich bin der Mann, der den Bürgermeister in den Pazifischen Ozean geworfen hat. Da versteht es sich wohl von selbst, daß mein Interesse gerechtfertigt ist. Mr. Ponsford würde mich schleunigst ins finstere Verlies einsperren lassen. Nein, so ging das nicht.

Ich studierte noch einmal die Liste. Der Name von Don Carmody sprang mir ins Auge. Carmody war früher Tänzer gewesen, hatte sich zum Cowboydarsteller gemausert und war dann über Nacht zum großen Star geworden. Mir war schleierhaft, was er und der Bürgermeister von Los Angeles gemeinsam haben sollten, doch dann entdeckte ich die Anmerkung in der Klammer. Er war ein Schwager des seligen Bürgermeisters. Klar, daß ich auch mit ihm würde sprechen müssen. Allerdings stellte sich hier die Frage, wie ich überhaupt an ihn herankommen sollte.

Ich packte die Liste ein, ließ den Motor an und brauste weiter nach Morton Glade. Es war eine Stadt von ungefähr 3000 Einwohnern, und das, was ich jetzt brauchte, würde ich dort bestimmt finden.

Zuerst blickte ich mich nach einem Parkhaus um. Ich brauchte nicht lange zu suchen. Ich reihte mich in eine Wagenkette ein und gelangte schließlich vor ein Schalterfenster, wo ein mürrischer Zeitgenosse mir mein Geld abnahm. Ich fuhr den Buick hinauf in den obersten Stock und stellte ihn in der dunkelsten Ecke, die ich finden konnte, ab.

Dann fuhr ich mit dem Aufzug wieder nach unten und marschierte beherzt in die Stadtmitte von Morton Glade. Das Päckchen hatte ich mitgenommen und warf es in den nächsten Briefkasten. Danach setzte ich mich in ein Restaurant, das aussah, als servierte es einigermaßen verdauliches Essen. Eine Kellnerin mit üppigem Busen und einem einladenden Lächeln brachte mir ein Bier und ein Sandwich und war sichtlich enttäuscht, als ich eine halbe Stunde später zahlte, ohne auf ihre mehr oder weniger deutlichen Angebote angesprochen zu haben.

Wieder auf der Straße, wanderte ich ein Stück stadtauswärts zu einem Geschäft, das mir bei der Einfahrt in die Stadt aufgefallen war. Es waren die protzigen Ausstellungsräume eines Autohändlers, der Fahrzeuge exklusiver italienischer und deutscher Marken vertrieb. Doch mich interessierten nicht die Luxusvehikel, sondern das kleine Schild, das besagte, daß man hier auch Autos mieten konnte. Ich ging also hinein, und sogleich eilte mir ein geschniegelter Herr im schwarzen Jackett mit einer Nelke im Knopfloch entgegen. Vielleicht dachte er, ich wäre ein Ölmillionär aus Texas. Er erfuhr bald die grausame Wahrheit.

Als er hörte, was ich wollte, verschwand sein Lächeln schnell. Unverzüglich reichte er mich an einen Burschen in einem weißen Overall weiter, der mich ins Rückgebäude führte. Dort suchte ich mir einen zwei Jahre alten Packard aus, füllte die nötigen Formulare aus, zeigte meinen Führerschein vor, leistete eine Anzahlung und versprach, den Packard nach einer Woche zurückzubringen.

Dann fuhr ich quer durch die Stadt. Der Packard lag gut auf der Straße und besaß ein erstklassiges Spurtvermögen. Mir fiel plötzlich auf, wie alt und abgetakelt mein Buick im Lauf der Jahre geworden war. Beinahe in Rekordzeit erreichte ich die Außenbezirke von Los Angeles. Ich suchte mir einen Parkplatz und eine Telefonzelle und rief Stella an. Sie hatte mir nichts Besonderes zu berichten. Wir quasselten eine Weile persönliches Zeug, dann sagte ich ihr, daß ich das Päckchen an sie abgeschickt hätte und versprach, am folgenden Tag wieder anzurufen.

Danach rief ich Dexter an. Er arbeitete in einem der kleineren Fernsehstudios in der Stadt und hatte mir gesagt, daß ich ihn am Spätnachmittag meist ohne Schwierigkeiten erreichen könnte. Es war inzwischen fast fünf Uhr, und ich erwischte ihn tatsächlich. Ich erklärte ihm, was ich von ihm wollte.

»In den Waffen-Klub?« meinte er. »Klar. Ich wollte heute sowieso hin. Nächsten Monat habe ich nämlich eine Rolle in so einem Robin-Hood-Drama, da muß ich mich noch im Fechten üben.« Er lachte. »Wieso interessieren Sie sich plötzlich für den Klub, Mike?« fragte er plötzlich argwöhnisch.

»Keine Sorge, Sammy. Mit Ihnen hat das gar nichts zu tun«, antwortete ich. »Können Sie mich denn auch wirklich mitnehmen?«

»Aber sicher«, erklärte er. »Einen Gast dürfen wir immer mitbringen. Ich komme gegen sechs hin. Fragen Sie an der Tür einfach nach mir. Ich komme dann hinaus.«

Ich dankte ihm und legte auf.

*

Der Waffenklub befand sich im Erdgeschoß eines großen, grauen Granitgebäudes. Marmorstufen führten zum Eingang hinauf, und die ganze Ausstattung wirkte sehr prachtvoll und elegant. Ich stieg die Stufen hinauf und kam mir so fehl am Platz vor wie ein Stiefelputzer in einem feudalen Palast.

Ein Mensch, der zurechtgemacht war wie ein Statist aus einer Verdi-Oper, kam mir durch das schwarz-weiß geflieste Foyer entgegen. Er trug ein gelb-weiß gestreiftes Wams, weiße Strümpfe, Schnallenschuhe und auf dem Kopf einen spitzen Helm.

»Ist der Herr Klubmitglied?« erkundigte er sich.

»Nein«, erwiderte ich. »Gast von Mr. Dexter.«

Er rang sich zu einem Lächeln durch.

»Bitte folgen Sie mir.«

Die hohen Absätze seiner Schnallenschuhe klapperten auf den Fliesen, als er vor mir her zu einer schweren Eichentür schritt. Laute, abgehackte Rufe, wie man sie in einer Turnhalle zu hören bekommt, hallten von jenseits der Tür wider. Er führte mich weiter, eine Treppe hinunter in dämmrige Tiefen. Fackeln flackerten an den Steinwänden, und am Fuß der Treppe hing unter einer schmiedeeisernen Lampe ein verschnörkeltes Schild mit der Aufschrift: ›Verlies-Bar‹.

Die Lichter der geschirmten Lampen spiegelten sich in Flaschen und Gläsern. Die Platte der Theke schien aus einem Eichenstamm gehauen zu sein. Sie war ungefähr dreißig Zentimeter dick. Zwei Männer, die aussahen, als gehörten sie zu den drei Musketieren, prosteten einander mit großen Biergläsern zu. Mir gegenüber entdeckte ich zwei Typen in Panzerhemden, und als sich meine Augen erst an die Düsternis gewöhnt hatten, sah ich noch eine ganze Reihe ähnlich absurd kostümierter Gestalten. Wieder überkam mich das Gefühl, hier völlig fehl am Platz zu sein.

Mein Führer stieß in ein kleines, silbernes Horn, das er aus seinem Gürtel zog. Niemand an der Bar achtete darauf, doch ein gertenschlankes, brünettes Mädchen tauchte hinter der Theke auf und kam auf uns zu. Ich blinzelte. Aber natürlich, wie hätte es anders sein können. Sie trug die Tracht einer Dienstmagd aus elisabethanischer Zeit, selbst das großzügige Dekolleté fehlte nicht.

»Der Herr ist Mr. Dexters Gast, Sabina«, erklärte mein Führer.

Das Mädchen musterte mich mit unverhohlener Billigung. Ihr linkes Augenlid zuckte in einem kaum wahrnehmbaren Zwinkern.

»Was trinken Sie, Sir?«

»Ich werde einmal ein Pilsner riskieren«, sagte ich.

Das Mädchen lächelte. »Das ist bei uns kein Risiko, Sir. Wir führen nur das beste hier.«

Sie eilte davon und stellte dann das Bier in einem mittelalterlichen Krug vor mich hin. Er hatte einen Deckel, auf dem das Gemälde eines brünftigen Hirsches prangte. Ein eindrucksvolles Trinkgefäß, gewiß, doch verdammt unhandlich. Jedesmal, wenn ich den Krug zum Mund führte, klappte mir der Deckel auf die Nase.

Ich griff in die Tasche.

»Sie können hier nicht bezahlen, Sir«, erklärte sie, »da Sie kein Mitglied sind. Mr. Dexter wird das begleichen, wenn er kommt.«

Ich dankte ihr und trug meinen Krug hinüber in ein Eckchen, wo ich den gesamten Raum im Auge hatte. Genüßlich trank ich mein Bier und gab meinen Augen Gelegenheit, sich ans Mittelalter zu gewöhnen. Allmählich füllte sich die Bar. Eine untersetzte Gestalt in schwarzem Leder, eine Art eisernen Teetopf auf dem Kopf, stakte zu mir. Humorvolle Augen sahen mich durch die Schlitze des Visiers an. Die weißen Federbüsche auf dem Helm schwankten leicht, als lachte der Mann darunter.

»Hallo, Mike«, sagte der Mann aus dem Mittelalter ganz stillos.

»Ah, der Schwarze Ritter«, stellte ich fest. »Heraus mit Ihnen, Sammy Dexter.«

Dexter nahm seinen Kopfschutz ab und klemmte ihn unter den Arm. Er hatte ein gut geschnittenes, nicht mehr junges Gesicht mit tiefen Lachfältchen an den Augenwinkeln. Wind und Sonne hatten seine Haut gebräunt, und die blitzenden, blauen Augen, die manch ein Technicolor-Epos über die glorreichen Zeiten der spanischen Conquistadores belebt hatten, blickten mich neugierig an. Er trug einen kleinen Spitzbart, der von den ersten weißen Fäden durchzogen war.

»Nun, Mike«, sagte er, »was verschafft mir die Ehre?«

»Im Moment möchte ich lieber nicht darüber sprechen, Sammy«, gab ich zurück. »Ich möchte mich hier nur eine Weile umsehen, wenn Ihnen das nicht lästig ist. Gewissermaßen die Atmosphäre auf mich wirken lassen.«

»Natürlich, Mike«, meinte er. »Sie sind herzlich eingeladen.« Er blickte auf meinen Bierkrug. »Wollen Sie noch eines?«

Ich schüttelte den Kopf. »Kann ich Ihnen nicht etwas spendieren?«

Er grinste. »Das verstieße gegen die Regeln. Die Mädchen würden einen Anfall bekommen.«

Mit klirrenden Sporen schritt er zur Theke. Ich stand auf und wartete auf ihn. Während ich so stand, wurde ich ganz allmählich eines berühmten Gesichts gewahr, das sich aus der Düsternis herausschälte.

Der Mann trug einen kunstvoll gearbeiteten Brustpanzer. Den schwarzen Helm mit dem schwarzen Federbusch hielt er mit der schwarz behandschuhten Hand fest unter dem Arm. Die Gelenkstücke seiner Rüstung waren an Ellbogen und Knien mit Rüsthaken versehen.

Weiße Zähne blitzten unter dem schwarzen Bärtchen, als er in meine Richtung blickte. Das markante, breite Gesicht unter dem dichten, blonden Haar war im Schein der Lampen einen Moment ganz klar zu erkennen, als er, den Kopf neigend, zu uns herüber grüßte.

Ich sah, daß Dexter neben mir stand. Er nahm mich am Arm und zog mich mit sich.

»Mike, ich möchte Sie mit Don Carmody bekannt machen.«

7

Aus der Nähe konnte man sehen, daß Carmodys Gesicht von einem Netz feiner Linien durchzogen war, das die Maskenbildner bei Filmaufnahmen gewiß zu vertuschen pflegten. Dennoch war er eine imposante Erscheinung, und als Dexter uns einander vorgestellt hatte, schüttelte der berühmte Filmschauspieler mir mit festem Griff die Hand.

»Freut mich, Sie kennenzulernen, Faraday«, sagte er.

»Ich habe gar nicht erwartet, Sie heute abend hier zu sehen, Don«, bemerkte Dexter. »Ich meine, wegen dieser traurigen Geschichte. Tut mir wirklich leid.«

Ein Schatten huschte über Carmodys Züge.

»Das Spiel muß weitergehen, Sammy«, erwiderte er. »Ich habe morgen früh Aufnahme, und der Regisseur ist mit meiner Säbelarbeit gar nicht zufrieden. Da hielt ich es für das beste, heute abend noch einmal zu üben.«

»Ich hörte schon, daß Sie Doubles nicht mögen, Mr. Carmody«, warf ich ein.

Carmody wandte mir den blonden Kopf zu und maß mich mit einem langen Blick.

»Sie haben recht, Mr. Faraday, ich trage meine Risiken am liebsten selbst.«

»Ausgesprochen lobenswert«, stellte ich fest.

Dexter lachte, und der hochgewachsene Mann stimmte ein, wenn auch sein Gelächter ein wenig gezwungen klang. Ich konnte mir denken, daß das spurlose Verschwinden des Bürgermeisters eine schwere, seelische Belastung für ihn gewesen war und daß er den Schock über die Nachricht von seinem Tod noch nicht verwunden hatte. Trotzdem hoffte ich, er würde lange genug bleiben, um mir Gelegenheit zu geben, eine Bekanntschaft anzuknüpfen.

»Wenn wir in die Halle wollen, dann gehen wir jetzt besser los«, bemerkte Dexter. »Später wird es da meistens ziemlich voll«, erklärte er zu mir gewandt.

Dexter marschierte voraus, und ich folgte mit Carmody. Ich überlegte immer noch krampfhaft, wie ich es anstellen sollte, mir zu seinem Kreis ein Entree zu verschaffen. Er trug einen geistesabwesenden Ausdruck auf dem Gesicht, und obwohl er höflich nach links und rechts nickte, um Bekannte zu begrüßen und Beileidsbekundungen anderer Mitglieder entgegenzunehmen, konnte ich ihm ansehen, daß ihn noch etwas anderes außer dem Mord an Bürgermeister Cartwright beschäftigte.

»Ich würde mich nachher gern einmal mit Ihnen unterhalten, Mr. Faraday«, sagte er, als wir auf den Korridor hinaustraten.

Dexters Sporen klirrten so laut, daß niemand uns hören konnte. Zwei Männer in dunklen Anzügen, die an der Wand lehnten, richteten sich auf, als wir uns näherten, doch Carmody bedeutete ihnen mit einer Handbewegung, zu verschwinden. Es lag auf der Hand, daß sie seine Leibwächter waren. Ich bemerkte, daß sie beide mein Gesicht genau studierten.

»Das heißt«, fügte Carmody hinzu, »wenn Sie der Faraday sind, den ich meine. Der Privatdetektiv.«

»Höchstpersönlich«, bekannte ich bescheiden.

»Hätten Sie Zeit, heute mit uns zu Abend zu essen?« fragte Carmody.

»Gern«, antwortete ich. »Mit Vergnügen.«

»Schön, also abgemacht.«

Er entschuldigte sich und blieb stehen. Einer der Leibwächter eilte herbei. Carmody gab ihm Anweisungen, und der Mann rannte im Dauerlauf zur Tür hinaus, während sich Carmody wieder zu mir gesellte.

»Ich habe nur meiner Frau bestellen lassen, daß Sie mit von der Partie sind«, erklärte er. »Wir sind den ganzen Tag von Presse und Fernsehen belagert worden.«

Ich murmelte ein paar teilnehmende Worte. Carmodys Schultern hingen schlaff herunter, er schien jetzt, wo wir allein waren, müde und niedergeschlagen zu sein. Doch als wir die Tür zur Halle erreichten, die Dexter uns aufhielt, nahm er wieder Haltung an. Er holte tief Atem und richtete sich auf. Er hob den Kopf, und das berühmte Lächeln war auf seinen Lippen, als er vor mir in die Halle trat.

Ich folgte ihm und schloß die Tür. Die riesige Halle, indirekt beleuchtet, hallte wider von Waffengeklirr, Rufen und Flüchen. Auf der Galerie drängten sich Zuschauer.

Dexter drehte sich lächelnd nach mir um.

»Ihnen wird das alles ein wenig albern erscheinen, Mike«, bemerkte er. »Wollen Sie auf die Galerie hinaufgehen oder hierbleiben?«

»Hierbleiben, Sammy«, erwiderte ich. »Da kann ich vielleicht noch etwas lernen.«

Sammy lachte. »Durchaus möglich.« Er wandte sich an Carmody. »Sind Sie schon mit jemandem verabredet, Don, oder wollen Sie es mit mir aufnehmen?«

»Sie kommen mir wie gerufen«, versetzte Carmody.

»Gut, dann erst Säbel«, sagte Dexter. »Anschließend muß ich noch mit dem Florett üben.«

»Erstklassig«, versicherte Carmody. »Die Übung wird mir auch guttun.« Er warf mir einen Blick zu. »Wie steht es mit Ihnen, Mr. Faraday? Können wir Sie nicht verlocken?«

»Später vielleicht«, antwortete ich. »Jetzt sehe ich erst einmal zu.«

Ich setzte mich auf eine kleine Bank an der Wand und ließ meinen Blick durch den Saal schweifen. Dreißig verschiedene Dinge zugleich schienen hier vorzugehen. Ein Teil der Halle war durch dicke Holzwände abgetrennt. Dort war der Boden mit Korkbelag ausgelegt. Im Vordergrund duellierten sich zwei Männer in weißen Hemden und schwarzen Hosen mit spitzen Degen. Die Gesichter hinter der Maske waren nicht zu erkennen.

Weiter hinten schlugen vier Leute mit Möbelstücken und sonstigen Gegenständen, die ihnen zur Hand kamen, aufeinander ein. In einer anderen Ecke konnte ich zwei bullige Ringer bewundern. Vom Geländer der Galerie hingen mehrere Seile, an denen wie Klammeraffen Möchte-gern-Tarzane hin und her schwangen und im Flug miteinander kämpften.

Und der ganze Saal war erfüllt vom Klirren schwerer Säbel.

Auf einem Podest etwa in der Mitte des Saales schwang eine stämmige Gestalt in voller Rüstung eine Art Morgenstern an der Kette. Mit tödlichem Enthusiasmus ließ er seine Waffe auf den Schild seines Gegners niedersausen, der sich verzweifelt niederkauerte, während er gleichzeitig versuchte, mit seiner behandschuhten Hand einen zu Boden gefallenen Dreizack aufzuheben.

Dexter schlenderte zu mir herüber. Er hatte sein Visier hochgeschoben, und seine Augen leuchteten vor Begeisterung.

»Toll, nicht wahr, Mike?«

Ich knurrte nur. »Kommt auf den Geschmack an. Die Versicherungsprämien müssen ganz schön hoch sein, wenn man Sport dieser Art betreibt.«

Dexter grinste. »Es ist gar nicht so gefährlich, wie es aussieht. Wir wissen alle, was wir tun. Trotzdem kommt natürlich hin und wieder ein Unfall vor. Carmody ist einer der besten. Jetzt sehen Sie zu.«

Er klappte sein Visier wieder herunter und sprang auf Carmody zu. Der erwartete Dexter mit einem Säbel mit unglaublich breiter Klinge. Er hielt ihn in beiden Händen. Obwohl ich darauf wartete, zuckte ich bei dem hart klirrenden Aufprall von Dexters Säbel auf dem seines Gegners zusammen. Ich setzte mich wieder und steckte mir eine Zigarette an.

Carmody und Dexter hatten einen Kampf ausgetragen, der beinahe zehn Minuten gedauert hatte. Für einen Schaukampf war er recht eindrucksvoll gewesen. Gewiß waren mir die Feinheiten entgangen, aber ich bemühte mich trotzdem, an den richtigen Stellen zu applaudieren, und es schien mir gelungen zu sein.

Jetzt stand Dexter auf seinen Säbel gestützt und machte sich mit einer Hand an seinem Visier zu schaffen. Als er es hochschob, sah ich Schweißbäche über sein Gesicht rinnen. Carmody hatte seinen Helm abgenommen und setzte sich zu mir auf die Bank. Er wischte sich mit energischer Bewegung Gesicht und Hals mit einem Tuch ab.

»Geht das immer so hart zu?« erkundigte ich mich.

Er lächelte sein berühmtes Lächeln.

»Das ist unterschiedlich. An manchen Tagen fällt es einem leichter als an anderen. Es kommt darauf an, was man am Abend zuvor getrunken hat. Diese Säbel sind natürlich ungemein schwer. Da, halten Sie einmal!«

Meine Hand wurde vom Gewicht der Waffe nach unten gezogen.

»Man hat jedenfalls ganz das Gefühl, einen echten Säbel in der Hand zu halten«, stellte ich fest.

»Sie sind echt, Mike«, belehrte mich Carmody, »wenn auch für den Film entsprechend geändert. In einer Großaufnahme kann man Gewicht nicht simulieren. Die echten Säbel wären natürlich messerscharf, aber wir bevorzugen die unseren stumpf.« Carmody lächelte ein wenig ironisch. »Ich wüßte schon ein oder zwei Produzenten, die ich gern einmal mit meinem bearbeiten würde.«

Dexter grinste. Er wandte sich wieder mir zu.

»Wir wollen es jetzt einmal mit Florett versuchen. Haben Sie Lust, einen Kampf zu riskieren?«

Er zog mich mit sich in einen Gang und von dort in einen Umkleide- und Duschraum. Auf der einen Seite befanden sich etwa sechs Duschkabinen und eine Reihe von Spinden. Ich hängte meine Straßenkleidung in einen der Schränke und stieg in den Lederanzug, den Dexter mir reichte.

»Ich werde nicht in den Spiegel sehen, wenn es Ihnen nichts ausmacht«, sagte ich zu Dexter. »Mit Errol Flynn kann ich es ja doch nicht aufnehmen.«

»Sie sehen großartig aus, Mike«, erklärte Dexter unaufrichtig. »Ihnen fehlt nur das Selbstvertrauen, das ist alles.«

Ich griff nach dem Florett, das er mir reichte. Es schien so leicht, daß ich es auf den Fingerspitzen hätte balancieren können.

»Schwarzdorn, sagten Sie?« fragte ich Dexter.

»Plastik-Schwarzdorn à la Hollywood«, erläuterte er. »Alles

hat seine Grenzen. Jetzt sehen Sie mir erst einmal zu, und dann gehen Sie Carmody an den Kragen.«

Ich folgte ihm in die Halle zurück. Die beiden Männer drangen mit beunruhigendem Schwung aufeinander ein. Sie stießen krachend aufeinander, und dann wälzten sich die beiden Männer in einem Wirrwarr von Armen und Beinen auf der Matte. Carmody war zuerst wieder auf den Beinen. Es war erstaunlich, wie behende und gewandt er war. Mit unheimlicher Zielsicherheit hackte er nach Dexters gepolsterten Knöcheln.

Auch Dexter war nun wieder auf, stützte sich mit den Händen ab und zog einfach die Beine hoch, um Carmodys Schlägen auszuweichen. Dann schlug er ein Rad, sein Florett in beiden Händen haltend, sprang auf und ließ den Stab auf Carmodys Schulter niedersausen. Der Schauspieler war darauf nicht gefaßt gewesen. Er schwankte, versuchte sich zu fangen und stürzte schwer auf die dicke Matte. Das Florett rutschte weg, und dann lag Dexter über ihm und drückte ihm seine eigene Waffe auf den Hals.

Dünner Applaus kam von einer Gruppe anderer Schauspieler, die ihre eigenen Kämpfe unterbrochen hatte, um zuzusehen.

»Sie haben es uns gezeigt, Sammy«, sagte Carmody lachend.

Dexter half ihm auf. Er schien zufrieden mit sich selbst.

»Jetzt sind Sie dran, Mike«, sagte er zu mir.

Ich stützte mich auf meinen Stab.

»Mr. Carmody muß doch müde sein, Sammy«, meinte ich. »Da ist es doch nicht fair –«

»Um Don brauchen Sie sich keine Sorgen zu machen, Mike«, fiel mir Dexter ins Wort. »Ich habe schon erlebt, daß er es mit vier Leuten hintereinander aufgenommen hat und immer noch nicht genug hatte.«

Er trat näher zu mir und blickte zweifelnd auf meine Hände.

»Ich würde an Ihrer Stelle lieber diese Gantelets hier anziehen. Sonst bekommen Sie böse Wunden.«

Ich zog die Panzerhandschuhe über. Sie waren kalt und kratzten auf der Haut, doch wenigstens würde ich ohne gebrochene Knochen davonkommen. Carmody war jetzt wieder auf den Beinen und betrachtete mich mit einem Ausdruck der Belustigung. Er ließ sein Florett durch die Luft schwirren, beschrieb Kreise und Schlingen über seinem Kopf, schob ihn hinter seinem Rücken von einer Hand in die andere.

»Ja, ich sehe, was Sie meinen«, sagte ich trocken zu Dexter.

Ich trat vor, indem ich die Waffe vor meine Brust hielt. Carmody sah mich an, faßte seine Waffe und griff an. Die Spitze des Floretts sauste blitzartig durch die Luft. Ich sah sie gar nicht. Doch ich spürte einen Schlag auf meiner Beinpolsterung. Im nächsten Moment stürzte ich auf die Matte. Ich rollte mich herum und schwang meine Waffe in weitem Bogen. Carmody sprang, doch er hatte gar nicht damit gerechnet, daß ich mich so weit erholen würde, um ihm paroli zu bieten. Die Spitze des Floretts traf seinen Knöchel. Er stolperte, und da war ich schon wieder auf den Beinen. Ich wußte nicht, mit welcher Taktik es Robin Hood seinerzeit gehalten hatte, doch ich stürmte Carmody entgegen, und unsere Waffen trafen mit einem ohrenbetäubenden Krachen aufeinander. Carmodys Gesicht strahlte beifällig. Er änderte seinen Griff um das Florett, um bessere Hebelwirkung zu erreichen, und während ich mich dagegen stemmte, drehte sich der Saal langsam in einem kompletten Kreis um meinen Kopf. Ich landete auf meiner Schulter, und mein Florett schlidderte über den Boden, bis Sammy Dexter ihn mit dem Fuß aufhielt. Ich wollte ihm nach; Carmody schien sich nicht zu rühren, doch wieder verwischte sich alles um mich herum, und ich verspürte ein stechendes Prickeln in meinen Fingerspitzen. Ich blickte auf und stellte fest, daß meine Hand im Panzerhandschuh hilflos unter Carmodys Waffe festgenagelt war. Ich zog und bog mein Handgelenk hin und her, doch ich konnte die Hand nicht von der Stelle rücken. Der Kampf war vorüber.

Carmody nahm seinen Fuß von der Stange, und Dexter half mir auf die Beine. Ich war schweißnaß von oben bis unten. Dabei konnte der Kampf nicht viel länger als eine Minute gedauert haben.

»Lustig, was, Mike«, sagte Dexter. Er sah mich an, als hätte ich Großartiges geleistet.

»Tut mir leid, daß ich mich so mit Ruhm bekleckert habe«, gab ich zurück.

Carmodys Gesicht zeigte Überraschung.

»Sie haben sich gut gehalten, Mr. Faraday«, erklärte er. »Daß Sie sich nach dem ersten Niederwurf noch einmal aufrappelten, überraschte mich. Für einen Mann mit meiner Erfahrung war das unverzeihlich.«

Ich stand auf. Das Prickeln in meiner Hand hatte aufgehört. Ich nahm den Panzerhandschuh ab und stellte fest, daß meine

Finger keinen Schaden genommen hatten. Ich würde wahrscheinlich nicht einmal blaue Flecken bekommen.

Carmody sah mich an.

»Möchten Sie es noch einmal versuchen?«

»Reizen würde es mich schon«, antwortete ich, nickte und trat auf die Matte, um mich erneut niedermachen zu lassen.

Ich kämpfte noch zwei weitere Runden mit Carmody. Er gewann natürlich beide. Doch im dritten Kampf wurde ich schon etwas besser, und er hatte Mühe mit mir. Selbstverständlich hatte ich keine Chance gegen ihn, aber zumindest gab er mir das Gefühl, mich nicht ganz und gar lächerlich gemacht zu haben. Nach dem dritten Kampf stand ich schweißgebadet auf.

»Sie sollten Mitglied werden, Mr. Faraday«, bemerkte Carmody.

»Sehr schmeichelhaft, Mr. Carmody«, versetzte ich. »Ein andermal vielleicht.«

»Ich würde jederzeit die Bürgschaft für Sie übernehmen. Und Sammy würde den Vorschlag bestimmt unterstützen.«

»Mit Vergnügen«, versicherte Dexter. Er sah mich kritisch an. »Nehmen Sie jetzt lieber eine Dusche und ziehen Sie sich um, Mike.«

Ich zog mich zurück, während Dexter und Carmody sich von neuem zum Kampf rüsteten. Der Umkleideraum war leer, als ich eintrat. Ich streifte die Panzerhandschuhe ab und legte sie auf einen der Tische. Dann ging ich zur nächsten Duschkabine und drehte probeweise das Wasser auf. Es war angenehm warm. Ich drehte den Hahn wieder zu und trat zu dem Schrank, in dem ich meine Kleider aufgehängt hatte.

Gerade als ich mich, mit dem Rücken zur Tür, auf einer der Bänke niederließ, traf mich von hinten ein kühler Luftzug. An der Wand vor mir hing ein Metallspiegel. Ich sah, wie ein Mann leise die Tür hinter sich schloß, und ich hörte etwas im Schloß knirschen. Der Mann war groß und breit, und durch die schwarze Rüstung, die er trug, wirkte er noch mächtiger.

Er hatte seinen Helm noch auf, so daß ich sein Gesicht nicht sehen konnte. Ein schwarzer Federbusch wippte auf dem Helm. In der rechten Hand des Mannes hing an einer schweren Kette eine mit Dornen versehene Eisenkugel.

»Bei dem Sport wird einem ganz schön heiß«, sagte ich.

Er antwortete nicht, sondern kam Schritt für Schritt durch den Raum auf mich zu. Seine Augen konnte ich sehen, als er unter die mir nächsthängende Lampe trat. Sie waren schmutzig grau, ausdruckslos. Ich hielt den Blick unverwandt in den Spiegel gerichtet, als er hinter mich trat. Mit einem Schwung warf ich mich zur Seite.

Mit ungeheurer Wucht war die Eisenkugel gegen den Metallspiegel geprallt und hatte einen zackigen Stern in seine Oberfläche geschlagen. Staub wirbelte auf, und die Holzwand hinter dem Spiegel splitterte unter dem machtvollen Schlag. Ich rollte über den Boden. Der Tod stand in den Augen des Mannes in der Rüstung, als er mir nachsetzte.

8

Ich prallte gegen einen der Garderobenschränke, als die Kugel wiederum unheildrohend durch die Luft wirbelte. Ich wich seitlich aus, und die Kugel krachte mit solcher Gewalt gegen den Spind, daß das Metall sich verbog. Die Gestalt in der Rüstung bückte sich knurrend.

Ich sagte mir plötzlich hoffnungsvoll, daß der Mann in der Rüstung gewiß einigermaßen behindert war und sich nicht so behende bewegen konnte wie ich. Ich wußte zwar, daß er die Tür abgeschlossen hatte, aber vielleicht würde es mir gelingen, sie aufzusperren, ehe er mich einholen konnte.

Der gleiche Gedanke war offenbar auch ihm gekommen, denn unvermittelt wandte er sich mir zu und schleuderte mit seiner freien Hand eine der Holzbänke durch den Raum, so daß mir der Weg zur Tür versperrt war. Ich wich zurück und hielt nach einer Waffe Ausschau, mit der ich mich verteidigen konnte. Ich hatte mein Florett mit hereingebracht. Viel würde ich damit zwar gegen die Rüstung nicht ausrichten können, aber immerhin konnte ich ihn mir damit vielleicht vom Leibe halten. Außerdem fiel mir ein, schützte der Brustpanzer ja seinen Rükken nicht.

Ich stolperte, als ich zurückwich, und der ›Schwarze Ritter‹ stürzte auf mich los. Ich fand das Gleichgewicht wieder und sprang über einen Hocker, der hinter mir stand. Ich packte ihn und hielt ihn wie einen Schild vor meinen Körper. Der gepanzerte Mann ließ die Eisenkugel wieder durch die Luft sausen. Sie schlug mit voller Wucht auf den Eichenhocker, und ich ging in die Knie. Meine Hand schmerzte von der Härte des Aufpralls, und ich sah, daß das Holz gesplittert war. Als er wieder auf mich einstürmte, schleuderte ich den Hocker nach seinem Kopf. Das Möbelstück traf mit einem dunkel klirrenden Geräusch genau auf den Helm. Der Mann taumelte und lehnte sich gegen einen der Spinde.

Mir war inzwischen klar, daß die Rüstung nicht neu und aus Plastik war, wie ich gehofft hatte, sondern original und aus gehämmertem Eisen. Ich raste durch den Raum, während er um sein Gleichgewicht kämpfte, und wollte nach dem Florett greifen, doch das war nicht mehr da. Ich blickte mich suchend um und sah, daß der Mann es oben auf einen der Garderobenschränke geworfen hatte. Ehe ich etwas unternehmen konnte, ging er schon wieder zum Angriff über und schnitt mir erneut den Weg zur Tür ab. Trotz der hinderlichen Rüstung bewegte er sich erstaunlich flink und gewandt.

Ich sprang hoch, als der massive Mann wiederum eine der Bänke ergriff. Das Sitzmöbel flog genau auf mich zu. Ich konnte ihm zwar ohne Mühe ausweichen, doch während dieses Manövers, schwang der Mann schon wieder die Eisenkugel, und diesmal pfiff sie gefährlich nahe an meinem Kopf vorbei. Es war klar, daß ich diesem Ansturm nicht mehr lange würde standhalten können. Ich stemmte meinen Fuß gegen die Bank und stieß sie mit aller mir zu Gebote stehenden Kraft zurück. Sie prallte gegen seine gepanzerten Beine. Er schwankte, und während er um seine Balance rang, stürzte ich vorwärts, direkt auf ihn zu.

Er ächzte, als mein Körper gegen den seinen anrannte, doch er stürzte nicht um. Sein Rücken krachte gegen einen Spind, und dann rollten wir beide auf den Boden, wobei ich mit beiden Händen den gepanzerten Handschuh umklammerte, der die tödliche Kugel hielt. Das üble war nur, daß er noch immer die andere Hand frei hatte. Der Panzerhandschuh stieß klirrend gegen den Schrank und dann sauste er auf mein Genick nieder. Es schmerzte mörderisch. Ich sah ein, daß es so keinen Sinn hatte. Ich drückte seinen rechten Arm zu Boden, glitt unter der linken Hand weg und sprang auf.

Wir waren beinahe in die Duschkabine hineingerollt. Als ich ihn losließ, wälzte er sich zur Seite und schlug mit der Eisenkugel nach meinen Beinen. Ich sprang hoch, wie Carmody es mich gelehrt hatte, und die Eisenkugel krachte in die gekachelte

Wand, daß die Keramiksplitter flogen. Ich griff nach dem Wasserhahn und drehte und sprang weg. Ich hatte noch nicht die Mitte des Raums erreicht, als ein dünner Schrei von der Dusche her kam. Dampf und heißes Wasser ergossen sich über die gepanzerte Gestalt. Der Mann schlug um sich wie ein Wilder. Im Raum wurde es dunstig vom aufsteigenden Dampf, und ich sprang über die Bänke und hielt auf die Tür zu.

Ich wußte, daß ich keine Zeit hatte, den Smith Wesson aus meinem Spind zu holen. Deshalb wollte ich mein Heil in der Flucht suchen. Es gelang mir tatsächlich, die Tür zu erreichen. Doch da wurde der ›Schwarze Ritter‹ zum Berserker. Die tödliche Kugel durch die Luft wirbelnd, stürzte er mir nach.

Ich hatte die Hand am Türschlüssel, drehte daran, wußte nicht, ob es mir gelungen war, ihn ganz herumzudrehen, warf mich hastig zur Seite, als die Eisenkugel gegen die Türfüllung donnerte, abprallte, zischend an der Kette durch die Luft sauste. Ich rannte erneut um mein Leben. Ich wollte mich unter keinen Umständen in eine Ecke drängen lassen, aus der es kein Entkommen mehr geben würde.

Ich sprang auf eine der Bänke, rannte weiter, griff mit beiden Händen zu den Schränken hinauf und hievte mich hoch. Oben kauerte ich mich zusammen und fand mein Florett. Die Kugel pfiff bedrohlich nahe über meinem Kopf durch die Luft, als ich mich umdrehte, um den nächsten Angriff des ›Schwarzen Ritters‹ abzuwehren. Der war inzwischen zu den Schränken herangekommen und schlug nach meinen Beinen. Wieder sprang ich hoch, und als ich wieder aufkam, schlug ich mit dem Florett zu. Ich traf seinen Helm. Der Schlag brachte ihn ins Wanken, und hinter der Maske hervor kam ein wütendes Knurren. Das klang vielversprechend. Ich schwang den Stab zurück und pflanzte ihn senkrecht vor mir auf. Ich stützte meinen Körper darauf und wartete auf den nächsten Angriff. Mein Gegner schöpfte erst einmal Atem, dann stürmte er erneut auf mich ein. Das Florett knarrte, doch das Plastikmaterial hielt stand. Die Kugel an der Kette zischte, als sich die Kette um meine Waffe schlang. Das Florett rutschte auf der glatten Metallfläche der Schränke, und ich sprang seitwärts. Beinahe wäre ich aus dem Gleichgewicht geraten, doch ich fing mich gerade noch und riß mit aller Gewalt an dem Florett.

Wieder ächzte der große Mann, als er zu mir hergezogen wurde, doch es war mir nicht gelungen, ihm seine Waffe zu entwinden. Statt dessen riß jetzt er mich zu sich hin. Ich taumelte am Rand der Schrankoberseite und sprang dann, ehe ich das Gleichgewicht verlor. Ich hatte vorgehabt, mich direkt auf ihn zu stürzen und ihn auf den Rücken zu werfen, doch es klappte nicht. Mein Absprung war schlecht gewesen, und einer meiner Füße traf ihn unter dem Kinn. Er torkelte nach rückwärts, schoß über die quer im Raum stehenden Bänke und verschwand aus meinem Blickfeld.

Kugel und Kette, die er noch immer fest in der gepanzerten Faust hielt, entrissen mir das Florett. Er sauste durch die Luft und ich hörte ihn irgendwo am Ende des großen Umkleideraums zu Boden fallen.

Ich landete ungeschickt auf dem Boden, verspürte einen stechenden Schmerz in meinem Fuß und überschlug mich. Meine Schultern krachten gegen eine Bank, ich rutschte weiter, die Bank vor mir herschiebend, und rappelte mich schließlich mühselig auf. Ich konnte meinen Todfeind stöhnen hören. Ich hatte gehofft, er hätte sich das Genick gebrochen, doch er schien so unausrottbar zu sein wie Unkraut.

Ich suchte nach meiner Waffe und konnte sie nicht finden. Dann hörte ich, wie der ›Schwarze Ritter‹ aufstand. Stühle und Bänke krachten, als er auf der Suche nach mir durch das Chaos trampelte. Ich ließ das Florett Florett sein, kam auf die Knie und kroch in Richtung Tür. Mein Knöchel schmerzte noch immer, doch wenigstens wußte ich, daß er nicht gebrochen war. Meine Schulter tat mir so weh, als klopfte jemand unaufhörlich mit einem Eisenhammer auf sie ein. Ich kam bis zur Tür, griff nach der Klinke, wollte sie herunterdrücken und schaffte es nicht.

Wieder drehte ich mich um. Der große Mann ließ sich Zeit. Ich richtete mich auf halbe Höhe auf und versuchte, einen der Hocker zwischen mich und die tödliche Kugel zu ziehen. Sie sah so groß aus wie die Weltkugel, als der ›Schwarze Ritter‹ sie einmal, zweimal über seinem Kopf kreisen ließ. Er kam näher, als meine Hand ein Bein des Hockers packte. Ich schleuderte den Hocker nach ihm.

Durch reinen Zufall mußte ich eine bloße Stelle an seinen gepanzerten Beinen getroffen haben. Der Hocker krachte gegen sein Knie, er heulte laut auf, ließ die Kette mit der Kugel sinken und sprang auf einem Bein im Halbkreis herum. Ich wollte wieder zur Tür. Der große Mann kam mir humpelnd nach. Sein massiger, gepanzerter Körper stand plötzlich über mir. Er hob die Eisenkugel, und die Kette pfiff durch die Luft. Ich stemmte mich gegen den Boden, um mich zur Seite zu werfen. Doch ich hatte gar nicht mehr die Kraft. Der ›Schwarze Ritter‹ kam noch näher. Im Hintergrund rauschte das Wasser, und Dampfschwaden wälzten sich durch den Raum. Ich schloß die Augen, als die Kugel fast über mir kreiste. Dann ertönte ein erstickter Schrei, der mir wider Willen über die Lippen gekommen sein mußte. Ich schlug die Augen auf und stellte fest, daß ich unversehrt war. Der ›Schwarze Ritter‹ stand noch immer über mich geneigt. Die Eisenkugel senkte sich. Sie entfiel seiner behandschuhten Hand, schlug krachend auf eine der Bänke und rollte klirrend davon. Hinter dem Visier hervor kam ein röchelnder Schrei. Der große Mann schwankte, griff mit blind suchenden Händen in die Luft und stürzte zu Boden. Der schwere Säbel mit der breiten Klinge reflektierte den Lichtstrahl, der durch die offene Tür des Umkleideraums fiel. Und den Griff des Säbels umfaßte mit beiden Händen eine große, kräftige Gestalt in schwarzer Rüstung.

»Ich dachte einen Moment lang, Sie wollten mich zum besten halten«, sagte ich.

Carmody nahm die eine Hand vom Heft des Säbels und wischte sich den Schweiß aus den Augen. Das ungläubige Gesicht Sammy Dexters erschien hinter ihm an der Tür.

»Sie haben sich Zeit gelassen«, stellte ich fest.

9

Ich wälzte mich herum und rappelte mich hoch. Einen Moment lang dachte ich, Dexter würde sich übergeben. Carmody stand da, als wäre er aus Bronze gegossen. Ich brauchte den ›Schwarzen Ritter‹ nicht zu untersuchen. Ich wußte, daß er tot war. Kein Mensch hätte einen Hieb, wie ihn der Schauspieler ihm verpaßt hatte, überleben können. Erst da merkte ich, daß mir die Knie zitterten. Dexter kam zu mir. Er stützte mich und führte mich zu einer Bank.

Auch Carmodys Nerven gaben jetzt nach. Er ließ das Heft des Säbels fallen, als Dexter zur Tür ging, um sie zu schließen.

Vom Korridor kam Stimmengemurmel. Carmody setzte sich zu mir. Sein Gesicht war aschfahl.

»Ich schulde Ihnen mein Leben«, sagte ich.

Ich kramte in meinem Schrank und holte ein Päckchen Zigaretten heraus. Ich steckte mir und ihm eine an. Seine Hand zitterte, als er die Zigarette nahm.

»Eine Kleinigkeit, Mr. Faraday«, erwiderte er mit einem Schimmer der gewohnten Grandezza. »Wir können doch nicht zulassen, daß unsere Gäste derartig behandelt werden. Ich mache mir größere Sorgen um das, was nun kommen wird. Die Polizei, die Publicity –«

»Machen Sie die Tür zu und schließen Sie ab, Sammy«, sagte ich zu Dexter. »Jetzt müssen wir erst einmal überlegen.«

Dexter schloß die Tür ab, ging dann zur Dusche und stellte das Wasser ab. Ich beugte mich über den Toten. Er lag auf dem Gesicht, und es kostete mich einige Anstrengung, ihn herumzudrehen. Ich schob das Visier hoch. Das tote, weiße Gesicht gehörte einem Mann, den ich nie gesehen hatte.

Dann klopfte jemand an der Tür. Ich trat zu Sammy Dexter.

»Rufen Sie die Polizei lieber selbst an«, riet ich. »Verlangen Sie Leutnant McGiver. Er ist ein Freund von mir. Wenn er vor den Leuten vom zuständigen Revier ankommt, können wir die Geschichte ein wenig vertuschen.«

Ich setzte mich wieder neben Carmody, während Dexter zur Tür ging. Ich hörte ihn mit jemandem flüstern. Ich blickte hinüber zur halboffenen Tür und sah das Bullengesicht eines der Leibwächter von Carmody. Dann ging Sammy hinaus und schloß hinter sich ab.

Das Schweigen zwischen mir und dem Schauspieler war bedrückend. Er zog stumm an seiner Zigarette.

»Ich wollte ihn nicht töten«, sagte er schließlich mit tonloser Stimme.

»Dann hätte er mich getötet«, gab ich zurück. »Ich würde mir deshalb keine grauen Haare wachsen lassen.«

Er sah mich mit einem unsicheren Grinsen an.

»Schauspieler sind sensible Leute, Mr. Faraday«, versetzte er. »Auf der Leinwand wirken wir vielleicht knallhart, aber in Wirklichkeit sind die meisten von uns viel zu weich.«

Ich blickte auf den Toten in der schwarzen Rüstung.

»Der da war bestimmt nicht sensibel. Er hätte mich mit der

gleichen Gelassenheit erledigt, wie man eine Fliege totklatscht. Wenn Sie ihn nicht vorher in die ewige Kälte geschickt hätten.«

Carmody lächelte wieder. Er sah schon viel besser aus. ›Die ewige Kälte‹ war der Titel eines Thrillers gewesen, in dem er die Hauptrolle gespielt hatte. Ich glaubte, die Anspielung würde die Atmosphäre etwas lockern. Er hatte in dem Film ungefähr fünfzehn Menschen den Garaus gemacht.

»Vielleicht sollten Sie sich ihn einmal ansehen«, schlug ich behutsam vor. »Die Polizei wird Sie bestimmt bitten, ihn zu identifizieren.«

Er sah mich scharf an.

»Weshalb sollte ich ihn kennen?«

»Das behauptet ja keiner«, erwiderte ich. »Aber Sie sollten sich auf jeden Fall Gewißheit verschaffen. Er könnte ja ein Klubmitglied sein.«

Das leuchtete ihm ein. Er sprang auf und ging hinüber zu der Gestalt, in deren Rücken noch immer der Säbel steckte. Lange starrte er auf den Toten hinunter. Dann wandte er sich wieder mir zu und schüttelte den Kopf.

»Ich habe ihn nie zuvor gesehen«, erklärte er. Er ließ sich wieder an meiner Seite nieder. »Was hat das eigentlich zu bedeuten, Mr. Faraday?«

»Ich wünschte, ich wüßte es, Mr. Carmody«, antwortete ich. »Seit ungefähr einer Woche stellt man mir mit Anschlägen auf mein Leben nach. Und ich habe keinen Schimmer, warum.«

Ich berichtete ihm von den anderen Anschlägen. Das war aber auch alles, was ich ihm erzählte. Er starrte mich ungläubig an.

»Glauben Sie, daß es etwas mit dem Tod meines Schwagers zu tun hat?« fragte er mit schwankender Stimme.

»Wer weiß?« entgegnete ich. »Auf jeden Fall will mir jemand an den Kragen. Und das gefällt mir gar nicht.«

Carmody drückte seine Zigarette auf den nassen Fliesen aus.

»Ich wollte Sie sowieso in der Angelegenheit mit Dwight um Hilfe bitten«, sagte er. »Jetzt haben Sie noch einen Grund, sich für die Sache zu interessieren.« Sein Blick wanderte wieder zu dem Toten und ein beinahe wilder Ausdruck huschte über sein Gesicht. »Mein Gott«, sagte er, »wie gräßlich das alles ist.«

»Es ging ja nicht anders«, meinte ich.

Dann knirschte der Schlüssel im Schloß und Sammy Dexter kam wieder herein. Er sperrte hinter sich ab und trat zu dem

Toten. Ich beobachtete ihn aufmerksam, während er in das starre Gesicht hinunterblickte. Seine Augen waren ganz leer. Er schüttelte den Kopf auf meine unausgesprochene Frage. Dann setzte er sich zu uns. Eine lange Zeit schien zu vergehen, ehe McGiver kam.

Wir alle hatten das Gefühl, als hätten wir einen endlos langen Abend hinter uns, doch es war erst neun Uhr, als wir auf die Straße traten. Ich fand, alles wäre recht glimpflich abgelaufen. Ich hatte mich ausführlich mit McGiver unter vier Augen unterhalten und er hatte sich geneigt gezeigt, auf unsere Wünsche einzugehen. Er sagte, er würde der Presse eine Erklärung des Wortlauts geben, daß ein unbekannter Mann im Klub durch einen Säbelunfall ums Leben gekommen war; so wie er es formulierte, klang es, als könnte es sich um Selbstmord gehandelt haben. Doch ich war mir klar darüber, daß man Carmody später noch kräftig ins Gebet nehmen würde.

Ich sagte McGiver die Wahrheit. Etwas anderes konnte ich gar nicht tun. Von den früheren Anschlägen auf mein Leben wußte er bereits.

»Wo Sie auftauchen, gibt es Scherereien, Mr. Faraday«, bemerkte er am Schluß kopfschüttelnd. »Im Präsidium wird man über diese Geschichte nicht erfreut sein.«

»Glauben Sie vielleicht, ich bin erfreut darüber«, versetzte ich. »Wenn ich Pech habe, hat die Gegenpartei irgendwann doch noch einmal Glück.«

Er redete so, als meinte er, ich hätte mir die ganze Geschichte nur ausgedacht, um die Polizei zu ärgern. Keiner kannte den Toten in der Rüstung; zumindest gab es keiner zu. Ein Mitglied des Waffenklubs war er jedenfalls nicht gewesen. Die Polizei hatte sich gemeinsam mit dem Sekretär die Mitgliedsliste angesehen. Carmody besaß großen Einfluß im Klub, und unter den Mitgliedern mußten einige mächtige Leute sitzen. McGiver wurde vom Vorstand in ein Privatzimmer zitiert. Ich weiß nicht, was man ihm dort sagte, aber ich hatte noch nie erlebt, daß ein mysteriöser Todesfall mit soviel Diskretion behandelt worden war. Man ließ sogar einen privaten Krankenwagen vorfahren, um den Toten durch einen Seitenausgang wegzuschaffen, bevor die Presse eintraf.

Als wir draußen waren, stieg Carmody mit seinen zwei Bullen in sein Lincoln Kabriolett, und ich folgte mit Sammy Dexter in meinem gemieteten Packard. Dexter hatte keinen Führerschein und keinen Wagen. Was seiner Gesundheit, dachte ich, nur zuträglich sein konnte.

»Sie verheimlichen mir doch nicht etwas, Mike«, sagte er, als wir das Verkehrsgewühl der Innenstadt hinter uns gelassen hatten. »Sie wissen wirklich nicht, warum der Bursche Sie erledigen wollte?«

»Wirklich nicht, Sammy. Sie haben doch gehört, was ich dem Leutnant sagte.«

Sammy schüttelte mit düsterer Miene den Kopf.

»Solche Zwischenfälle können dem Klub nur schaden.«

»Natürlich«, erwiderte ich. »Sie müssen entschuldigen, daß ich so egoistisch war. Wenn ich mich von ihm hätte abmurksen lassen, dann hätte ein Skandal vermieden werden können.«

Dexter sah mich bekümmert an.

»Sie wissen doch, daß das nicht so gemeint war, Mike. Ich wollte nur sagen, daß Don sich im Moment nicht noch weiteren Verdruß leisten kann. Der Mord an seinem Schwager ist schon schlimm genug.«

»Schon gut, Sammy«, gab ich zurück. »Wir sind heute abend alle ein bißchen gereizt. Wie kommen Sie denn nachher nach Hause?«

»Meistens fährt mich Dons Chauffeur heim«, antwortete er. »Ich wohne ja nur ein paar Kilometer weiter oben im Canyon.«

Ich bog von der Hauptstraße ab und folgte Carmodys Lincoln nach Beverly Hills hinein. Hier war es ruhig. Die großen Häuser lagen verschwiegen inmitten ihrer Parks, während japanische Hausburschen die Gäste an den Schwimmbecken mit gegrillten Leckerbissen versorgten. Wir durchfuhren ein hohes Tor und folgten der Auffahrt durch den Park einer palastähnlichen Villa. Rund um das Schwimmbecken saßen etwa dreißig Leute in Rohrsesseln. Ich steuerte den Packard am Schwimmbecken vorbei und um das Haus herum zu einer Reihe von Garagen.

Carmodys Lincoln hielt neben einem Lamborghini und dem unvermeidlichen weißen Rolls Royce an. Der Schauspieler stieg eilig aus und gab seinen beiden Leibwächtern knappe Anweisungen. Sie marschierten davon, ohne uns auch nur einen Blick zu gönnen. Ich stellte den Packard neben dem Lincoln ab, und Dexter und ich gesellten uns zu Carmody, der an der Hausecke auf uns wartete. Über den Rasen kamen das Klirren von Cocktailgläsern und Stimmengemurmel.

Carmody trug einen leichten, grauen Anzug mit einer rotseidenen Krawatte. Von Kopf bis Fuß war er der große Star, als die scharfen Augen in dem ebenmäßig gemeißelten Gesicht zum Schwimmbecken hinüber spähten. Ich wartete nur darauf, daß er sich umdrehen und sagen würde, wir wollten den Palast von drei Seiten zugleich nehmen, doch er wischte nur ein Stäubchen vom Revers seines Jacketts.

»Wir gehen gleich zum Essen hinein, Mr. Faraday«, bemerkte er. »Die Gäste haben lange genug gewartet, und keiner außer meiner Frau weiß etwas von dem Zwischenfall im Klub. Ich finde, wir sollen es für heute abend dabei belassen.«

»Meinetwegen für immer«, versetzte ich.

Carmody nickte. »Ja, da stimme ich mit Ihnen überein, Mr. Faraday. Ich glaube, wir werden gut miteinander auskommen.«

Er führte uns um das Haus herum. Eine große, schlanke Frau in einem langen, gelben Kleid hob grüßend die Hand. Carmody winkte ihr zu. Sie entschuldigte sich bei den Leuten, die um sie herum saßen, und eilte uns über den Rasen entgegen. Ihr Gesicht war schön, doch es war bleich. Sie mußte etwa zehn Jahre jünger sein als Carmody. Das aschblonde Haar war so fein wie Seide und wurde von einer türkisbesetzten Spange im Nacken zusammengehalten.

»Ich möchte dich mit Mr. Faraday bekannt machen, Carlotta«, sagte Carmody. »Das ist meine Frau«, setzte er zu mir gewandt hinzu.

Die Frau im gelben Abendkleid nickte Dexter zu und nahm meine Hand.

»Ihr Name ist in Los Angeles nicht unbekannt, Mr. Faraday«, sagte sie. »Ich hoffe, Sie werden uns helfen können.«

»Ich werde tun, was ich kann, Mrs. Carmody,« entgegnete ich, »aber Ihr Mann hat mir mehr geholfen als ich Ihnen je werde helfen können. Er hat mir gerade das Leben gerettet.«

Die hochgewachsene Frau wurde noch blasser.

»Ja, davon habe ich schon erfahren«, sagte sie. »Aber Don hat sicher nur getan, was die meisten Menschen für einen Freund getan hätten. Und Sie haben uns die Presse vom Leibe gehalten. Dafür wird Don Ihnen immer dankbar sein. Wir haben schon genug Sorgen.«

Sie brach ab und blickte über die Rasenfläche zurück, und es war, als sähe sie die Diener und die Gäste gar nicht, als hörte sie nicht das Gelächter und das Klingen der Gläser. Sie schien weit fort zu sein, und sie kehrte erst in die Wirklichkeit zurück, als Carmody ihren Arm nahm.

»Ich glaube, wir gehen jetzt am besten hinein, Liebes. Hoskins kann in ungefähr zehn Minuten zum Essen bitten.«

»Wie du meinst, Don«, erwiderte sie.

Sie und Carmody gingen voraus ins Haus. Dexter und ich folgten. Mir fiel plötzlich ein, woher ich Carmodys Frau kannte. Vor etwa zehn Jahren war Carlotta Monterey ein großer Broadwaystar gewesen. Sie hatte sich von der Bühne und vom Film zurückgezogen, als sie Carmody geheiratet hatte. Kürzlich jedoch hatte ich ein Gerücht gehört, demzufolge sie vorhaben sollte, ein Comeback zu versuchen.

Wir schritten durch das weiträumige Foyer, dann eine weiße Treppe hinauf, die frei im Raum zu schweben schien. Ölgemälde schmückten die Wände. Ich überlegte, wie ich es anpakken sollte, das Gespräch auf den Tod des Bürgermeisters zu bringen. Schon vor dem Zwischenfall im Klub hatte Carmody offensichtlich vorgehabt, mich in sein Haus zu bitten. Wenn es zu dem Zwischenfall nicht gekommen wäre, dann hätte ich gewiß schon längst Gelegenheit gehabt, mit ihm über den Tod seines Schwagers zu sprechen. Nun, ich würde versuchen, das Thema nach dem Essen zur Sprache zu bringen, wenn dann noch Zeit blieb. Zumindest hatte ich jetzt einen plausiblen Grund, mich für die Angelegenheiten seines Schwagers zu interessieren. Vorausgesetzt, daß ich lange genug am Leben blieb.

Wir betraten einen riesigen Raum im ersten Stock. Die Wände waren mit Mahagoni getäfelt, und über dem offenen Kamin prangten die Jagdtrophäen Don Carmodys.

»Wir können hier die zehn Minuten bis zum Essen noch verschnaufen«, sagte Carmody und zog die Tür hinter uns zu. »Was möchtest du trinken, Carlotta?«

»Ich trinke vor dem Essen lieber nichts mehr«, antwortete die Frau des Schauspielers. »Aber die Herren möchten jetzt sicher etwas Starkes.«

Dexter und ich bestellten Whisky. Während sich Carlotta Carmody und Dexter in zwei braunen Ledersesseln seitlich des großen Kamins niederließen, folgte ich Carmody durch das Zimmer. Er drückte auf einen Knopf in der Täfelung. Das Bücherregal vor uns begann sich zu drehen. Das Summen eines Elektromotors brach die Stille. Das Bücherregal schwang herum. Auf der anderen Seite kam die Hausbar zum Vorschein, die allen Träumen eines Alkoholikers gerecht geworden wäre. Carmody mixte die Drinks.

Seine Hand war nicht ganz ruhig, als er mir mein Glas reichte. Dann ging er hinüber zu Dexter. Mit seinem eigenen Glas in der Hand kehrte er wieder zu mir zurück. Ich sagte nichts, nahm einen Schluck Whisky und ließ ihn auf der Zunge zergehen. Carmody blickte zu Boden.

»Eine scheußliche Geschichte ist das, Mr. Faraday, daran gibt es nichts zu rütteln«, sagte er leise.

»Ja«, meinte ich nachdenklich, »ich werde seit ein paar Tagen einfach vom Pech verfolgt. Dexter scheint zu glauben, ich verheimliche ihm etwas. Aber ich wünschte, ich wüßte, wer es auf mich abgesehen hat. Da könnte ich mich eher wehren. Sie werden ja nicht jedesmal zur Stelle sein, wenn es hart auf hart geht.«

Carmody schüttelte ungeduldig den Kopf.

»Niemand macht Ihnen einen Vorwurf, Mr. Faraday«, sagte er. »Nur, daß das gerade auf Dwights Tod folgen mußte ... Nun, Sie verstehen schon, was ich meine. Könnten Sie vielleicht über Nacht hier bleiben? Ich würde mir gern nach dem Essen die Zeit nehmen, Sie ins Bild zu setzen. Ich möchte Sie nämlich engagieren. Die Polizei scheint nicht die geringste Ahnung zu haben, wie es überhaupt zu dem Mord an Dwight kommen konnte. Ich möchte aber wissen, wer meinen Schwager getötet hat, ganz gleich, was es kostet.«

»Das ist keine Geldfrage, Mr. Carmody«, erwiderte ich. »Ich bin gern bereit, Ihnen zu helfen. Natürlich bleibe ich, dann können wir später ausführlich sprechen.«

Carmody lächelte trübe und schüttelte mir die Hand.

»Großartig«, sagte er. »Das ist also abgemacht. Und jetzt, Carlotta, wird es, glaube ich, wirklich Zeit, daß wir zu unseren Gästen gehen.«

Die Stimmung war gedämpft. Kein Wunder. Es war zu spät gewesen, um abzusagen, hatte Carlotta Carmody mir erklärt, bevor wir Platz nahmen.

Ich saß neben einem mageren Mann mit Hängeschultern. Er hatte silbergraues Haar, das in der Mitte gescheitelt war und ihm das Aussehen eines Komikers aus der Stummfilmzeit verlieh. Er sah bleich aus und murmelte unaufhörlich vor sich hin, »schreckliche Geschichte, schreckliche Geschichte.«

Ich entdeckte Carmody hinter meinem Stuhl.

»Sie müssen entschuldigen, Mr. Faraday«, sagte er. »Ich vergaß, daß Sie ja die meisten Anwesenden nicht kennen. Die Dame zu Ihrer Rechten ist Gloria van den Bergh, und links von Ihnen das ist Greg Bissell. Mr. Bissell war ein Mitarbeiter meines verstorbenen Schwagers.«

Ich erwiderte die gemurmelten Begrüßungsworte meiner unmittelbaren Nachbarn, und Bissell nahm die Gelegenheit wahr, um erneut über seine Schulter hinweg »schreckliche Geschichte, Don, schreckliche Geschichte« zu lamentieren.

Ich überließ ihn seinen Trauerkundgebungen und unterzog Gloria van den Bergh einer näheren Inspektion. Sie war ein ausgesprochen appetitliches Kind. Schwarzes Haar, ungefähr dreißig Jahre alt, mit einer hohen, glatten Stirn und einem fein geschnittenen Gesicht mit hohen Backenknochen. Sie hatte entweder schöne ebenmäßige Zähne oder einen erstklassigen Zahnarzt. Der volle, sinnliche Mund, der viel lächelte, stand in aufregendem Kontrast zu den beinahe madonnenhaft wirkenden Gesichtszügen. Sie trug ein sehr tief ausgeschnittenes Kleid in Rosa, und ich konnte sehen, daß sie beim Sonnenbad allenfalls eine Sonnenbrille zu tragen pflegte.

Inzwischen hatten sich auch die anderen Gäste eingefunden, und rund um die lange Tafel summten Stimmen und erklang Gelächter.

Das dunkelhaarige Mädchen zu meiner Rechten schenkte mir ein strahlendes Lächeln.

»Arbeiten Sie auch beim Film, Mr. Faraday?«

Ich schüttelte den Kopf und schluckte eine Garnele hinunter.

»Ich bin ein ganz gewöhnlicher, arbeitsamer Bürger, Miss van den Bergh. Und Sie? Sind Sie Schauspielerin?«

Das strahlende Lächeln blendete mich fast wie ein Scheinwerfer. »Hauptsächlich beim Fernsehen, ja.«

Ich warf einen Blick auf meinen Nachbarn zur Linken. Er schüttelte immer noch kummervoll den Kopf, während er mit seiner Grapefruit kämpfte.

»Und wer ist dieser ehrenwerte Zeitgenosse? Auch beim Fernsehen?«

Funken der Belustigung tanzten in den braunen Augen des Mädchens.

»Ein Mitarbeiter von Cartwright. Bissell, nicht wahr? Ich glaube, er ist für die Finanzen unserer schönen Stadt verantwortlich.«

10

Ich spürte, wie meine Magenmuskeln sich zusammenkrampften, während ich scheinbar ohne sonderliches Interesse zu Bissell hinüberblickte. Ich dachte an das Notizbuch, das jetzt auf dem Weg zu Stella war. Entweder war Bissell einer der besten Schauspieler, die Hollywood je erlebt hatte, oder er hatte tatsächlich keine Ahnung davon, daß es im Rathaus bald eine Riesenexplosion geben würde. Ich wußte, daß Cartwright niemals ohne Wissen des Stadtkämmerers imstande gewesen wäre, städtische Aufträge an den zu vergeben, der ihm die höchsten Schmiergelder bot. Aber vielleicht war Bissells Stellvertreter Ponsford die Schlüsselperson? Wie dem auch war, er müßte wissen, daß auf mich Jagd gemacht wurde. Wenn er nicht unglaublich dumm war. Und ein so dummer Mensch hätte es wohl kaum zum Stadtkämmerer gebracht.

Das Mädchen zu meiner Rechten plapperte weiter, ohne zu merken, was für eine Wirkung ihre Bemerkungen auf mich gehabt hatten. Ich war viel zu sehr beschäftigt, um auf ihr Geplauder zu achten. Ich überlegte, wie ich von Bissell Informationen bekommen konnte, ohne daß er es merkte und die übrige Gesellschaft aufmerksam wurde. Er selbst löste das Problem für mich. Als hätte er gemerkt, daß ich ihn beobachtete, wandte er sich mir zu; er bemühte sich, es beiläufig zu tun, doch es gelang ihm nicht ganz. Ein so guter Schauspieler war er also nicht. Ich war jetzt überzeugt, daß sein Kummer über den Tod des Bürgermeisters nichts weiter war als Theater.

Und ich war außerdem überzeugt davon, daß er an diesem Abend nicht zufällig mein Tischnachbar war. Wie es sich mit der hübschen Gloria van den Bergh verhielt, wußte ich noch nicht, aber ich beschloß, fürs erste beiden gegenüber auf der Hut zu sein.

Bissell öffnete eben den Mund, um einen wahrscheinlich wohlüberlegten Einwurf zu machen, da wandte ich mich schnell dem Mädchen zu, das mich angesprochen hatte. Bissell klappte den Mund zu wie ein Karpfen, und ich konnte noch den verärgerten Ausdruck auf seinem Gesicht sehen, ehe ich mich abwandte.

Gloria van den Bergh hatte mir eine ganz unwichtige, alberne Frage gestellt, doch ich wollte Bissell schmoren lassen. Ich unterhielt mich ausführlich mit dem Mädchen, bis ich schließlich Bissells glühende Ungeduld beinahe zu fühlen glaubte.

Da drehte ich mich unvermittelt nach ihm um. »Schreckliche Geschichte, dieser Mord an Bürgermeister Cartwright«, sagte ich.

Er war ganz unvorbereitet und starrte mich an.

»Äh – äh – ja, schrecklich, Mr. Faraday«, erwiderte er dann mit dünner, hoher Stimme. »Ich – äh – habe leider nicht gehört, was für einen Beruf Sie haben, Mr. Faraday.«

»Ich habe ihn auch nicht genannt.«

Seine Art, mich auszuhorchen, war mehr als plump. Er hatte eine grobe Antwort verdient.

»Ich wollte nicht aufdringlich sein«, stammelte er. »Nur scheint es, daß die meisten Leute hier entweder in Hollywood oder im Rathaus zu tun haben.«

»Ich habe weder da noch dort zu tun«, versetzte ich kurz.

Ich wandte mich wieder Gloria van den Bergh zu. Ihr Anblick war entschieden erfreulicher als der Bissells.

»Es würde mich interessieren, was hinter dem Mord an Bürgermeister Cartwright steckt«, sagte ich ruhig zu dem Mädchen.

Ihre braunen Augen verrieten nichts. Die Geschichte schien ihr persönlich nichts zu bedeuten.

»Im ›Examiner‹ hieß es heute morgen, daß sich im Rathaus Mafia-Einflüsse breitgemacht hätten«, erwiderte sie.

»Oh, haben Sie das gehört, Mr. Bissell«, bemerkte ich zu meinem Nachbarn. »Der ›Examiner‹ scheint der Auffassung, daß die Mafia sich in der Stadtverwaltung von Los Angeles einnistet.«

Der alte Knabe sah so aus, als würde er im nächsten Moment einen Schlaganfall bekommen. Sein Gesicht wurde erst weiß, dann rot bis lila, danach grünlich.

»Was soll das heißen?« stotterte er.

»Mir dürfen Sie keine Vorwürfe machen, Mr. Bissell«, sagte ich lächelnd. »So stand es in der Zeitung. Lesen Sie den ›Examiner‹ nicht?«

Der alte Mann grunzte wütend.

»Diese verdammten Zeitungsschmierer. Immer nur Staub aufwirbeln. Ich habe für die Kerle nie etwas übriggehabt. Die Verleumdungsgesetze in diesem Land sind viel zu milde. Wenn ich Bürgermeister wäre, würde ich als erstes dafür sorgen, daß sich das ändert. Dieser Klatsch ist ja unerhört.«

»Woher wissen Sie denn, daß es Klatsch ist, Mr. Bissell?« erkundigte ich mich. »Vielleicht ist etwas Wahres an dem, was der ›Examiner‹ schreibt.«

Er riß die Augen so weit auf, daß sie ihm fast aus den Höhlen sprangen, und sein Gesicht wurde kreidebleich.

»Und Sie sind ja auch nicht Bürgermeister«, fügte ich hinzu.

»Er hat vielleicht seine eigenen Vorstellungen von Korruption«, warf Gloria van den Bergh, in mein Horn stoßend, ein.

»Was höre ich da von Korruption?« rief ein dicker Mann, der auf der anderen Seite des Mädchens saß. »Sitzen Sie wieder einmal in der Patsche, Bissell? Ich hörte, daß aus der Kleingeldkasse zehn Dollar fehlen!«

Es war ein plumper Scherz und von zweifelhaftem Geschmack, doch ich vermutete, daß der Dicke die Atmosphäre ein wenig auflockern wollte; seine Bemerkung jedoch zeitigte die gegenteilige Wirkung.

Mit lauter, schnarrender Stimme erwiderte Bissell scharf: »Das ist eine der geschmacklosesten Bemerkungen, die mir je untergekommen sind, Taylor. Wenn ich jünger wäre, würde ich Ihnen die einzig passende Antwort darauf geben.«

Seine Stimme bebte vor Zorn oder Furcht, und flüsternd machte Überraschung an der Tafel die Runde. Der Dicke lief rot an und schluckte. Er blickte hilfesuchend von einem zum anderen, als wollte er seine Nachbarn bitten, zu bestätigen, daß seine Worte nicht böse gemeint gewesen waren.

Ich sah, wie Carlotta Carmody aufstand und zu uns kam. Hinter meinem Stuhl blieb sie stehen und beugte sich zu Bissell hinunter. Einen Moment flüsterten die beiden miteinander. Wir beugten uns über unsere Teller, und ein wenig abrupt wurden die Tischgespräche wieder aufgenommen. Carlotta Carmody kehrte an ihren Platz zurück.

»Mr. Bissell bedauert seine Reaktion, Mr. Taylor«, sagte sie. »Er versteht, daß Ihre Bemerkung als Scherz gemeint war.«

Ich sah Miss van den Bergh an und grinste. Aus den Augenwinkeln warf ich einen Blick auf Bissell. Seine Zähne waren hart aufeinandergebissen, als er sich über seinen Teller neigte. Ich beschloß, ihm gelegentlich einen Besuch abzustatten; er schien mir leicht aus der Reserve zu locken.

Ich saß da und rauchte und starrte auf meine Schuhspitzen. Mir schmerzten sämtliche Glieder von dem Intermezzo im Waffenklub, aber ich sagte mir zum Trost, daß ich das überleben würde. Wir befanden uns wieder in Don Carmodys feudal eingerichteter Klause. Die letzten Gäste hatten sich soeben verabschiedet, unter ihnen auch Dexter, den einer von Carmodys Leibwächtern jetzt nach Hause fuhr. Der andere hielt draußen vor der Zimmertür Wache.

Carmody hatte sich mit einem letzten Cocktail in einem braunen Ledersessel mir gegenüber niedergelassen. Mir war aufgefallen, daß er ziemlich viel trank, doch wie die meisten Menschen, die ein aktives Leben führen, schwitzte er den größten Teil des Alkohols wohl wieder heraus. Jedenfalls schien der Alkohol weder auf sein Verhalten noch auf seine Fähigkeiten eine nachteilige Wirkung zu haben.

Carlotta Carmody saß auf der Armlehne des Sessels ihres Mannes und blickte aufmerksam zu mir herüber. Das Bild der beiden wirkte wie eine Szene aus einem ihrer Filme.

Ich beschloß, den Stier bei den Hörnern zu packen.

»Der Wortwechsel zwischen Bissell und Taylor ist mir natürlich nicht entgangen«, bemerkte ich unumwunden. »Sie haben sicher auch gelesen, was der ›Examiner‹ heute morgen über den Korruptionsverdacht in der Stadtverwaltung schrieb.« Ich beugte mich zu dem Beistelltisch neben meinem Sessel und suchte nach einem Aschenbecher.

»Ich weiß, Sie werden mir nicht übelnehmen, was ich jetzt sage, Mrs. Carmody, obwohl der verstorbene Bürgermeister Ihr Bruder war, denn ich muß es fragen. Halten Sie es für möglich, daß er in etwas Derartiges verwickelt war?«

Carmody fuhr hoch, und sein Gesicht wurde weiß. Ich dachte, das Glas würde ihm aus der Hand fallen. Carlotta Carmody schlug nur das eine Bein über das andere, doch ihre Farbe vertiefte sich.

»Sie glaubten, wir wollten Sie deshalb engagieren?« fragte sie.

»Ich hielt es für möglich«, bekannte ich.

Sie schüttelte den Kopf.

»Wir sind nicht leicht gekränkt, Mr. Faraday. Sie halten uns wahrscheinlich sowieso für recht gefühllose Leute, die lieber Partys geben, anstatt die Witwe zu trösten.«

»Ich neige nicht zu vorschnellen Urteilen, Mrs. Carmody«, gab ich zurück. »Die Rolle des Moralpredigers steht mir am allerwenigsten. Ich werde engagiert, um zu helfen.«

»Und Sie nehmen das Geld, erledigen Ihre Arbeit und enthalten sich der Predigten«, bemerkte Carmody mit einem dünnen Lächeln.

»So ungefähr«, bestätigte ich.

Auch Carlotta Carmody lächelte.

»Wir waren den ganzen Nachmittag bei meiner Schwägerin«, berichtete sie. »Der Arzt hat ihr ein Beruhigungsmittel gegeben, und eine Krankenschwester sowie einige andere Verwandte sind bei ihr. Das nur zu Ihrer Kenntnisnahme.«

»Zur Kenntnis genommen«, sagte ich. »Aber Sie haben meine Frage nicht beantwortet.«

»Ich will es Ihnen sagen. Ich glaube nicht, daß Dwight bei einer solchen Sache mitgemacht hätte. Und das sage ich nicht nur, weil er mein Bruder war. Allein schon die Tatsache, daß er ein vermögender Mann war, würde eine solche Vermutung ziemlich ausschließen.«

»Dann wollen Sie mich also engagieren, um seinen guten Ruf wiederherzustellen«, sagte ich.

Carmody stellte sein Glas nieder.

»So etwa«, antwortete er. »Und wir wollen wissen, wer ihn getötet hat.«

»Natürlich«, erwiderte ich. »Aber jetzt hätte ich gern einmal einige Auskünfte über Ihren Schwager persönlich, sein Leben, seine Bekannten und so weiter. Wenn Sie die Zeit opfern können.«

Carmody sah auf seine Uhr. Es war gerade Mitternacht.

»Ich habe Zeit in rauhen Mengen, Mr. Faraday«, erklärte er leichthin.

Es war nach zwei Uhr, als ich endlich in mein Bett kroch. Ich hatte umfassende Informationen über Bürgermeister Cartwright und seine persönlichen Angelegenheiten erhalten, und doch war ich des Rätsels Lösung nicht näher als an dem Tag, an dem Gimpy auf der Straße zusammengebrochen war.

Ich schlüpfte in den geliehenen Pyjama und ließ mich in das luxuriöse Louis-Quatorze-Bett sinken, in dem ebenso eleganten Raum, die mir die Carmodys zur Verfügung gestellt hatten. Auf dem Flur hörte ich eine Diele knarren. In Dexters Sommerhaus wäre ich jetzt auf Zehenspitzen mit meinem Smith & Wesson losgezogen, um dem Geräusch auf den Grund zu gehen. Hier, wußte ich, konnte das höchstens der Butler sein, der noch einmal nach dem Rechten sah, ehe er sich selbst zur Ruhe begab.

Zum erstenmal seit Beginn dieser rätselhaften Geschichte hatte ich das Gefühl, guten Gewissens alle Glieder von mir zu strecken und den lieben Gott einen guten Mann sein zu lassen.

Trotzdem konnte ich keinen Schlaf finden. Das Bett war zu weich. Und ich wußte die Flasche Bourbon, die Carmody mir ans Bett gestellt hatte, zwar zu würdigen, doch ich fand, ich hätte im Laufe des Abends schon genug getrunken. Ich wollte über diesem Fall nicht zum Säufer werden. Ich mußte in Form bleiben, für meinen Beruf und für Mädchen wie Gloria van den Bergh. Wenn sie über Nacht geblieben und in mein Zimmer gekommen wäre, um mir vielleicht aus dem Spinett Wiegenlieder vorzuklimpern, dann wäre ich leichter eingeschlafen — oder auch nicht. Am Ende gab ich es auf, knipste das Licht aus und schaffte es langsam, ins Traumland hinüberzugleiten.

Gegen sieben Uhr morgens wurde ich von einem Menschen mit maskenhaftem Gesicht geweckt, der brutal eine viel zu große Prise Morgensonne zum Fenster hereinließ. Dafür entschädigte er mich dann mit frischem Orangensaft und Kaffee.

»Ich lasse Ihnen das Bad einlaufen, Sir«, sagte er. »Mrs. Carmody würde sich freuen, Sie um halb neun beim Frühstück zu sehen.«

»Wunderbar«, log ich. »Und Mr. Carmody?«

Der Mann schüttelte den Kopf.

»Mr. Carmody ist schon um fünf Uhr weggefahren. Er mußte ins Studio.«

Jetzt schüttelte ich den Kopf. Voller Mitleid.

»Ich hatte ganz vergessen«, bemerkte ich, »was für ein Leben die reichen Müßiggänger führen.«

Auch damit konnte ich seiner starren Fassade keinen Kratzer beibringen.

»Natürlich, Sir. Wie möchten Sie Ihr Bad, Sir?«

»Naß und warm«, erklärte ich bewußt albern.

Auch das half nicht.

»Ich lasse es heiß einlaufen, Sir. Dann können Sie sich beim Kaffeetrinken Zeit lassen.«

Ich trank den Orangensaft, während er im Badezimmer das Wasser plätschern ließ. Dann legte ich mich wieder zurück, um Kraft zu sammeln, den Kaffee in Angriff zu nehmen.

Der unfehlbare Butler tauchte wieder auf.

»Gerade richtig, Sir. Lassen Sie es nicht zu kalt werden.«

»Hoffentlich haben Sie auch einen Rettungsring bereitgelegt«, versetzte ich.

Ich hatte mir in der Nacht zuvor die ›Badewanne‹ angesehen. Sie war fast so groß wie das Schwimmbecken im Garten.

»Es ist ein Haltebügel da, Sir, falls Sie ihn brauchen sollten.« Er war durch nichts aus der Fassung zu bringen. An der Tür blieb er noch einmal stehen. »Nach Ihrer körperlichen Verfassung zu urteilen, glaube ich allerdings nicht, daß Sie ihn brauchen werden.«

Ich dankte ihm höflich und machte mich über den Kaffee her. Dann schwang ich mich gekräftigt aus dem Bett, streifte den Pyjama ab und sprang ins Bad. Die Temperatur war gerade angenehm. Die Wanne schien aus Marmor zu sein, die Wasserhähne aus Gold. Ein-, zweimal riß mich die Strömung mit, aber es gelang mir, das Ufer wieder zu erreichen.

Als ich mich rasiert und angekleidet hatte, war es fast acht Uhr. Ich kehrte ins Schlafzimmer zurück und traf dort ein Mädchen mit Puppengesicht und Minirock an, das gerade mein Bett machte. Ihre Haltung war reichlich verlockend, als sie sich über das breite Bett beugte, um das Laken einzustecken, doch ich widerstand der Versuchung.

Ich ging zum Fenster und sah unten zwei Frauen in weißen Kitteln einen Frühstückstisch auf der Terrasse decken. Ich bekam plötzlich Appetit. Mit einem letzten Blick auf das hübsche Zimmermädchen ging ich hinaus. Als ich die Treppe hinunterlief, sah ich Carlotta Carmody aus einem der großen Räume im Erdgeschoß kommen. Vor einem goldgerahmten Spiegel blieb sie stehen, um sich das Haar zu ordnen. Sie war eine atemberaubend schöne Frau.

Als ich den Fuß der Treppe erreichte, drehte sie sich nach mir um. Sie lächelte mich an.

»Ich fand, wir sollten draußen frühstücken«, sagte sie. »Es ist um diese Jahreszeit, wenn es noch nicht so heiß ist, sehr schön auf der Terrasse.«

»Wunderbar«, erwiderte ich. »Ich habe allerdings das Gefühl, daß ich Ihnen die Zeit stehle.«

In ihren Augen flackerte etwas auf und erlosch, als sie sich umdrehte, um mir voraus in den Garten hinauszugehen. Ein kahlköpfiger Neger mit sanften Augen folgte uns beflissen in einigem Abstand.

»Im Gegenteil, Mr. Faraday«, sagte Carlotta Carmody. »Ich

bin froh, daß ich Gelegenheit habe, unter vier Augen mit Ihnen zu sprechen.«

»Wie Sie meinen«, versetzte ich.

Wir schlenderten über die Terrasse. Im kühlen Grün des Wassers im Schwimmbecken spiegelte sich das Sonnenlicht, doch vom Park her wehte eine leichte Brise, und auf der Terrasse war es angenehm kühl.

Unter einem großen Sonnenschirm stand ein weißer Rohrtisch mit sechs dazu passenden Stühlen. Auf dem Tisch stand alles, was man sich zu einem lukullischen Frühstück nur wünschen konnte: Orangen- und Grapefruitsaft, Kaffee, Toast, Orangenmarmelade, Honig und verschiedene Konfitüren. Vor einer Anrichte mit Rechauds warteten zwei Frauen darauf, uns zu bedienen. Mir lief das Wasser im Mund zusammen, als ich die Köstlichkeiten sah, Steaks, Nierchen, Schinken, Speck, Eier. Ich schnüffelte begierig.

»Rechnen Sie mit dem Ausbruch einer Hungersnot?« fragte ich Carlotta Carmody.

Sie lächelte wieder. »Bestellen Sie, was Sie haben wollen.«

Ich ließ mir einen Teller mit Schinken und Ei und Nieren volladen. Hier draußen an der frischen Luft schmeckte es doppelt so gut. Carlotta Carmody trank ein Glas Orangensaft und eine Tasse Kaffee. Etwas anderes rührte sie gar nicht an. Vielleicht, dachte ich, wäre ich auch so genügsam, wenn mir jeden Morgen eine solche Auswahl geboten würde.

Ich war bei Kaffee und Toast angelangt, als Carlotta Carmody das Gespräch eröffnete. Die beiden Frauen in den weißen Kitteln verschwanden, doch der Negerbutler, oder was er sonst war, schwirrte noch diensteifrig um uns herum.

»Sie können jetzt gehen, Joshua«, sagte Carlotta Carmody.

Der alte Mann verbeugte sich. Er nahm einige Dinge, die nicht mehr gebraucht wurden, vom Tisch mit und eilte davon.

»Ich habe Sie hier herausgebeten, Mr. Faraday, weil ich mit Ihnen allein sein wollte«, begann die Frau. »Sie haben uns erzählt, daß mehrere Anschläge auf Sie verübt worden sind. Ich glaube – und ich vermute, Sie glauben es auch –, daß diese Zwischenfälle in direktem Zusammenhang mit dem Mord an meinem Bruder stehen. Fragen Sie mich nicht, woher ich das wissen will. Ich weiß es eben. Sie haben sich nun bereit erklärt, noch größere Gefahren auf sich zu nehmen, um festzustellen, wer

Dwight getötet hat. Ich weiß, daß wir sehr viel von Ihnen verlangen, Mr. Faraday.«

»Mein Beruf bringt immer Risiken mit sich, Mrs. Carmody«, versetzte ich.

Die Frau blickte über das Schwimmbecken hinweg in die Ferne. Ihre Augen waren auf irgendeinen Punkt jenseits der Baumwipfel gerichtet.

»Es ist eine schwierige Aufgabe, Mr. Faraday«, sagte sie. »Und ich weiß nicht recht, ob ich Sie da hineinstolpern lassen soll, ohne daß Sie in alles eingeweiht sind.«

Ich trank den letzten Schluck Kaffee, griff nach der Kanne und schenkte mir noch eine Tasse Kaffee ein.

»Ich kann Ihnen nicht ganz folgen, Mrs. Carmody.«

»Es ist schwierig«, sagte die Frau. »Schwieriger, als ich glaubte.«

»Dann lassen Sie es mich einmal versuchen«, versetzte ich. »Sie wissen also mehr, als Sie mir gesagt haben. Aber Sie möchten nicht unverblümt mit der Sprache herausrücken, weil das, was Sie wissen, eventuell nachteilige Schlüsse auf den Ruf Ihres Bruders und seine Familie haben könnte.«

»Sie hätten Hellseher werden sollen, Mr. Faraday. Oder Diplomat.«

»Also habe ich recht?«

»Sie haben recht«, bestätigte sie und wandte den Blick von mir ab, um wieder zu den Bäumen hinüber zu starren. »Ich habe Don gesagt, daß das Honorar, das er Ihnen angeboten hat, für das, was Sie auf sich nehmen wollen, bei weitem nicht angemessen ist. Er verlangt von Ihnen, daß Sie sich mit gebundenen Händen und verbundenen Augen in größte Gefahr begeben.«

»Größer als die Gefahr bisher war, kann sie kaum werden«, entgegnete ich. »Nicht einen Deut von alledem, was mir zugestoßen ist, seit diese Geschichte ihren Anfang genommen hat, habe ich verstanden. Ich kann also nicht einsehen, inwiefern die Sache jetzt für mich gefährlicher sein sollte. Wo drückt Sie denn eigentlich der Schuh?«

»Ich kann nicht sprechen«, antwortete sie. »Vielleicht später. Aber ich möchte Sie warnen. Seien Sie bitte doppelt vorsichtig, wenn Sie von hier wegfahren.«

Ich lehnte mich zurück und trank einen Schluck aus meiner vierten Tasse Kaffee. Dann blickte ich stirnrunzelnd zum Schwimmbecken hinüber. Eine Libelle mit schillernden Flügeln schwebte über dem Wasser, huschte hierhin und dorthin, nur um schließlich wieder an ihren Ausgangspunkt über der Mitte des Beckens zurückzukehren. Sie erinnerte mich an mein eigenes Verhalten. Ich brauste mit höchster Energie durch die Gegend, ohne auch nur einen Schritt vorwärtszukommen.

»Danke für das Frühstück«, sagte ich.

Die Augen der Frau blitzten. Sie machte eine ungeduldige Handbewegung.

»Sie verstehen noch immer nicht, Mr. Faraday. Ich bin so weit gegangen wie ich konnte. Tragen Sie eine Schußwaffe?«

»Ständig«, antwortete ich, »seit diese Sache begann.«

Sie nickte zufrieden. »Und im Augenblick sind Sie in Ihrem Büro nicht zu erreichen, sondern sind irgendwo in Deckung gegangen?«

»Wie recht Sie haben.«

»Gut«, meinte Carlotta Carmody. »Ich werde Sie aufsuchen, wenn sich die Lage ein wenig beruhigt hat. Jetzt steht noch Dwights Beerdigung bevor, und das ist nicht das einzige, worauf wir Rücksicht nehmen müssen.«

»Ich werde mich bei Ihnen melden«, versprach ich.

Ihre Augen blickten mich flehend an.

»Bitte glauben Sie mir, es hat schwerwiegende Gründe, daß ich schweigen muß«, beteuerte sie noch einmal.

»Es ist schon gut«, versetzte ich. »Wir unterhalten uns ein andermal darüber.«

Sie streckte mir förmlich die Hand hin, als ich aufstand. Der Negerbutler trat aus dem Haus und begleitete mich zur Garage.

»Mr. und Mrs. Carmody machen sich große Sorgen, Sir«, sagte er, als ich in den Packard stieg und den Motor anließ. »Ich hoffe, Sie werden ihnen helfen können.«

»Ich werde es versuchen«, versicherte ich. »Sie haben sie sehr gern, nicht wahr?«

Ein warmes Lächeln zog über sein dunkles Gesicht.

»Es sind die besten Menschen, die mir je begegnet sind«, sagte er.

»Keine Sorge«, beschwichtigte ich ihn. »Es wird schon alles gut werden.«

Wenn ich nicht vorher ins Gras beiße, dachte ich, als ich die Auffahrt entlang brauste. Ich durchfuhr Beverly Hills und begann den Aufstieg ins Vorgebirge. Ich war so berauscht vom Luxusleben und dem üppigen Frühstück, daß ich meine Augen nicht genug offenhielt. Es dauerte fast fünf Minuten, ehe ich meine Verfolger entdeckte.

Ein großer, brauner Chevrolet folgte dem Packard in gleichmäßigem Abstand. Wir hatten die Häuser weit hinter uns gelassen, als er sein Tempo plötzlich beschleunigte und dicht auffuhr. Ich zog den Packard zur Seite, als ein lauter Knall das Brummen des Motors übertönte.

11

Schweiß durchnäßte mein Hemd, als ich das Steuerrad herumriß. Und die Hitze war nicht schuld daran. Ich blickte in den Rückspiegel und riß wieder am Steuerrad, so daß der Packard im Zickzack über die Straße schoß. Die Reifen quietschten auf dem Asphalt, als ich aufs Gaspedal trat. Die Straße stieg an, deshalb drückte ich das Pedal ganz durch. Ich wußte, es würde mir nicht gelingen, den Chevrolet abzuschütteln, doch ich mußte Abstand gewinnen, während ich versuchte, mir eine Taktik einfallen zu lassen.

Zwei Fahrzeuge tauchten an der Kurve vor mir auf, kamen mit entgegen. Ich sah in den Spiegel. Die große Limousine war zurückgefallen. Ich konnte die Umrisse der drei Männer sehen, die drinnen saßen. Ihre Profile hoben sich klar gegen das dunkle Band der Straße ab. Der Mann hinter dem Fahrer, der mit der Maschinenpistole auf meinen Wagen gefeuert hatte, hatte die Waffe jetzt offenbar weggelegt.

Ich brauste weiter die Straße entlang und hielt verzweifelt nach einer Gabelung oder einer Ausfahrt Ausschau, die zu einem Ablenkungsmanöver hätte dienlich sein können. Die drei Männer im Verfolgerwagen hatten das Gelände gut gewählt. Nirgends öffnete sich eine Abzweigung, nur dichter, grüner Wald säumte die Straße zu beiden Seiten. Ich fragte mich, ob Carlotta Carmody von dieser Jagd gewußt hatte. Ich wünschte jetzt, sie hätte sich etwas klarer ausgedrückt. Ich mußte auf jeden Fall noch einmal mir ihr sprechen. Vorausgesetzt, daß ich dazu noch in der Lage sein würde. Ich riskierte einen Blick in den Spiegel, als ich das Steuerrad herumzog und den großen Wagen um eine scharfe Kurve riß.

Solange eine Haarnadelkurve der anderen folgte, hoffte ich,

würde der Chevrolet darauf achten, Abstand zu halten. Wenn der Fahrer ein zu hohes Tempo fuhr, dann bestand die Gefahr, daß er die Kurve nicht bewältigen konnte oder mit einem entgegenkommenden Fahrzeug zusammenstieß, weil es ihn aus seiner Spur trug. Und das hätte nur zu Scherereien geführt, auf die meine drei Verfolger gewiß keinen Wert legten. Ich brauchte unbedingt einen Rastplatz, wo ich hineinsausen und mich in die Büsche schlagen konnte. Doch auch Rastplätze schienen an dieser Straße dünn gesät. Ich zog den Smith & Wesson heraus und legte ihn neben mich auf den Sitz. Mir war noch schleierhaft, wie ich die Waffe überhaupt einsetzen sollte. Später vielleicht, wenn es mir gelang, unverletzt aus dem Packard herauszukommen, würde sie sich als nützlich erweisen.

Ich holperte über eine Bodenwelle und schoß in die nächste Haarnadelkurve hinein. Das Heck des Wagens schleuderte einen Moment lang erschreckend, ein sicheres Zeichen, daß ich auf dieser Serpentinenstraße zu schnell fuhr. Wieder brach mir der Schweiß aus allen Poren. Ich nahm den Fuß vom Gaspedal. Ein beigefarbener Volkswagen tauchte ein Stück vor mir auf, und ich holte tief Luft. Der Chevrolet hielt sich jetzt in einem gleichmäßigen Abstand von etwa hundert Metern hinter mir. Meiner Rechnung nach mußte es den Verfolgern ein leichtes sein, mir Löcher in die Reifen zu schießen, wenn ihnen daran lag. Vielleicht wollten sie noch näher herankommen? Um ganz sicherzugehen, daß sie mich auch erwischten? Oder lag irgendwo vor mir vielleicht ein felsiger Steilhang, wo ich abgeschossen werden konnte, ohne daß auch nur ein Mensch an etwas anderes als einen Unfall glaubte?

Ich mußte es ihnen so schwer wie möglich machen. Aber ich kannte die Straße nicht. Dafür war sie allem Anschein nach dem Fahrer des Chevrolets vertraut. Sein Wagen schien auf dem Asphalt zu haften, an keiner Kurve vergab er auch nur ein Stückchen Boden. Sein Fuß dosierte das Gas gerade so, daß die große Limousine jede Kurve mit größter Sicherheit und zugleich größtmöglicher Geschwindigkeit nahm.

Wir gelangten jetzt zu einer kurvenreichen Strecke, die sich durch dicht bewaldetes Gebiet wand. Am Straßenrand waren Zäune errichtet, nirgends konnte ich einen Rastplatz oder eine Abzweigung entdecken. Die erste Kurve war mörderisch, und ich biß krampfhaft die Zähne zusammen, als der Kotflügel des Packard gefährlich nahe an einem Felsvorsprung vorbeiglitt, der unvermittelt auf die Straße herausragte. Ich schaltete, und der schwere Wagen keuchte mit heulendem Motor eine fast senkrecht ansteigende Felswand hinauf. Der Chevrolet war ein wenig zurückgefallen. Ich konnte ihn eine Sekunde lang nicht einmal sehen, doch gleich darauf umfuhr auch er die Kurve. Der Fahrer, der sein Geschäft verstand, hatte den Abstand etwas vergrößert, für den Fall, daß ich hinter der unübersichtlichen Kurve plötzlich anhalten oder sonst ein raffiniertes Manöver abziehen sollte. Er hatte Reserven genug in seiner Maschine und konnte bestimmt jederzeit zu mir aufschließen.

Die Straße wand sich in Schlangenlinien in die Höhe, schlängelte sich durch Föhrenwälder und um kantige Felsnasen herum. Einsam war es hier, nirgends ein Haus oder irgend etwas, was das monotone Gleichmaß der Straße unterbrochen hätte. Die Reifen rauschten auf dem schlechten Straßenbelag, und der Motor heulte ohrenbetäubend. Ein Lastwagen und ein Personenwagen näherten sich aus der gegenüberliegenden Richtung. Der Personenwagen wollte den Lastwagen überholen, als der Fahrer den Chevrolet hinter mir entdeckte. Er scherte wieder ein. Daraus schloß ich, daß man im Verfolgerwagen jetzt etwas unternehmen wollte. Ich warf einen Blick in den Spiegel und sah, daß die Limousine wieder aufgeschlossen hatte.

Ihr Motor dröhnte, als die Nase der großen Limousine sich neben den Packard schob. Die Reifen brummten laut, und der Wagen war so schnell herangeschossen, daß er gefährlich schleuderte und den Packard bedrohte. Mit Todesmut riß ich das Steuerrad herum, so daß der Packard auf den Chevrolet zusprang. Einen atemlosen Moment lang fürchtete ich, zu weit gegangen zu sein. Die beiden Fahrzeuge schwankten und schaukelten nebeneinander. Ich sah den kleinen Mann mit dem bekannten Gesicht hinter der Maschinenpistole. Es war der Mann, der mir gefolgt war, als ich nach Pine Ridge hinaufgefahren war.

Dann kippte der Schütze, der mich schon anvisierte, plötzlich nach rückwärts, Bremsen kreischten. Der Chevrolet ruckte und zuckte, als ich den Packard scharf an seiner Schnauze vorbeizog. Irgendwo hinter mir knallte die Pistole, doch die Schüsse gingen in die Luft. Ich zog am Steuerrad, und irgendwie gelang es mir, den großen Wagen wieder auf seine Seite zu bugsieren. Ich sah in den Spiegel. Der Chevrolet schleuderte mit hoher Geschwindigkeit mitten auf der Fahrbahn hin und her. Hupen dröhnten wütend, als ein Lastwagen dem Chevrolet entgegenkam. Dann fing sich die Limousine und reihte sich wieder hinter mir ein.

Meine Hände zitterten auf dem Steuerrad. Mein Manöver war beinahe ein Selbstmordversuch gewesen. Nur die Fahrkunst des Mannes, der am Steuer des Chevrolet saß, hatte ein Unglück verhindert. Ich hatte keine allzu großen Nervenreserven mehr für Spielchen dieser Art. Ich liebte das Leben zu sehr. Ich wischte mir mit dem Ärmel über das Gesicht und stellte bestürzt fest, daß mir der Schweiß in Strömen von der Stirn lief. Wieder blickte ich in den Spiegel. Im Augenblick hielt der Chevrolet Abstand.

Weiter vorn wurde die Straße schnurgerade. Keine Fahrzeuge kamen entgegen. Das letzte der Fahrzeuge, die an uns vorübergebraust waren, war jetzt nur noch ein Schatten in meinem Rückspiegel. Dann erkannte ich, womit die Verfolger gerechnet haben mußten. Auf der anderen Straßenseite sah ich einen weißen Holzzaun, der sich grell gegen das staubige Grün der Bäume abhob. Jenseits fiel der Hang zwanzig bis dreißig Meter schroff in die Tiefe, darunter drohten zerklüftete Felsen. Ja, das mußte die Stelle sein, die sich meine Verfolger ausgesucht hatten.

Und da beschleunigte der Chevrolet auch schon die Fahrt. Jetzt oder nie, war die Parole. Ich drückte meinen Fuß aufs Gaspedal. Dann bremste ich unvermittelt. Der große, schwere Chevrolet schien einen Moment lang reglos in der Luft zu hängen, dann war er neben mir. Ich griff nach dem Smith & Wesson und ließ drei schnelle Schüsse auf den Pistolenschützen los. Dann gab ich wieder Gas und zog gleichzeitig das Steuer herum. Ich brauste quer über die Straße und stieg auf die Bremse. Der Packard tat einen gefährlichen Sprung nach vorn, und ich dachte, er würde sich überschlagen.

Reifen pfiffen schrill auf dem heißen Straßenbelag, und der Packard kam vor dem Chevrolet zum Stehen. Der Fahrer des Chevrolet mußte ausweichen, um einen Zusammenstoß zu verhindern. Doch sein Fuß stand auf dem Gaspedal. Ich kauerte mich auf meinem Sitz zusammen, die Augen unverwandt auf dem Rückspiegel, und machte mich auf den Aufprall gefaßt. Die Bremsen des Chevrolet kreischten plötzlich, der Aufprall kam nicht. Ich sah einen Augenblick seine Schnauze steil zum Himmel aufgerichtet. Das Sonnenlicht spiegelte sich in den Chromverzierungen. Eine Staubwolke verdunkelte den Packard, und dann sah ich die Limousine, wie sie auf den weißen Lattenzaun zuraste, während der Fahrer sich verzweifelt bemühte, das Fahrzeug wieder unter Kontrolle zu bekommen. Der Wagen schoß mit solcher Wucht durch den Zaun, daß es aussah, als hätte eine Riesenfaust ihn durchgeboxt. Einen Moment lang hing der Chevrolet in der Luft, dann kippte er nach vorn und stürzte in den Abgrund.

Ich hatte keinen Laut gehört, als er durch den Zaun gerast war, aber ich war schon aus dem Packard gesprungen und rannte zu der Lücke in der Absperrung. Der Chevrolet überschlug sich. Eine der Türen sprang auf und ein Mensch flog heraus. Er purzelte durch die Luft wie eine Stoffpuppe.

Die Limousine schlug mit der Schnauze auf den Boden auf. Staub wirbelte auf, Erdbrocken und Felssplitter flogen durch die Luft. Dann prallte die Limousine ab, schlug krachend auf, prallte ab und holperte den Steilhang hinunter. Bei jedem Aufprall löste sich ein Stück des Wagens und setzte selbständig den wilden Tanz in die Tiefe fort. Schließlich schoß das Wrack des Wagens über den letzten Felsvorsprung hinaus in den tiefer liegenden Wald hinein. Rauch und Flammen stiegen aus den Bäumen auf, und plötzlich herrschte Grabesstille.

Ich raste den Hang hinunter und fand den Schützen etwa dreihundert Meter tiefer. Nach der unnatürlichen Haltung seines Kopfes zu urteilen, mußte er sich das Genick gebrochen haben. Ich rannte weiter hangabwärts, nicht mehr so schnell, und näherte mich dem Knistern der lodernden Flammen. Durch die Luft schwebte mir der widerliche Geruch von brennendem Leder, Gummi und Fleisch entgegen. Ich stolperte die letzten Meter hinunter, zog mein Taschentuch heraus und hielt es mir vor das Gesicht. Hier konnte niemand mehr etwas tun. Der Chevrolet war etwa hundert Meter tiefer mitten im Waldgebiet liegengeblieben. Eine schwarze Rauchsäule ragte hoch zum Himmel auf. Ich hoffte, daß die Straßenwacht nicht zu bald eintreffen würde.

Dann sah ich den Schuh eines Mannes hinter einem Baumstumpf hervorragen. Ich trat näher. Die Gestalt, die dort auf dem Sims lag, war kaum noch menschlich zu nennen. Das Gesicht war entstellt von Blut und Schmutz. Aber, so unglaublich es war, der Mann lebte noch. Seine Lippen bewegten sich, und ich beugte mich nieder, um ihn verstehen zu können. Ich vernahm nichts als sein Röcheln, während er um Atem rang.

Ich richtete mich auf, denn ich konnte ihm nicht helfen. Niemand konnte ihm mehr helfen. Wieder beugte ich mich nieder, als ein leises Murmeln aus seinem Mund drang. Ich mußte mein Ohr sehr nahe an seinen Mund bringen, um überhaupt etwas verstehen zu können. Und dann brauchte ich fast eine Minute, um die Laute, die er hervorstieß formulieren zu können. »Faraday«, hatte er gesagt. Ich sah, wie seine Augenlider bebten. Er war so weit bei Bewußtsein, daß er mich also erkennen konnte. Ich aber kannte ihn nicht.

»Wer hat Sie beauftragt?« fragte ich, ohne jede Hoffnung, darauf eine Antwort zu erhalten. Er hatte höchstens noch ein paar Minuten zu leben. »Wer hat es auf mich abgesehen?«

Die Augen des Mannes weiteten sich. Um seine Pupillen herum schimmerte es gelb. Seine Lippen zuckten.

»Bo«, röchelte er. »Bo Sondergaard.«

Die Worte kamen zäh und schwerverständlich von seinen Lippen. Es folgte ein heftiger Hustenanfall, dunkles Blut strömte aus seinem Mund und seiner Nase. Ich drückte ihm die Augen zu und stand auf.

Nachdenklich starrte ich auf den Toten. Ein Lösungswort des Rätsels hatte ich also jetzt. Bo Sondergaard war ein in Los Ageles wohlbekannter Gangster, der ob seiner Gewalttätigkeit und seines mörderischen Temperaments berüchtigt war. Er gehörte nicht zu den mächtigsten Bandenbossen, aber er hatte sich Ende der dreißiger Jahre Zugang zum Transport- und Obstvertriebsgeschäft verschafft – mit Gewalt und Erpressung natürlich. Er war genau der Typ, dem es zuzutrauen war, mir drei Verfolger mit Maschinenpistolen auf den Hals zu hetzen. Trotzdem sah ich keinen Grund, weshalb ich ihm plötzlich so unsympathisch geworden sein sollte. Wir waren einander nie persönlich begegnet. Und soviel ich wußte, erledigte er niemals anderer Leute Angelegenheiten.

Es mußte sich schon um ein ganz großes Geschäft handeln, wenn jemand wie Sondergaard bereit war, ein solches Risiko einzugehen. Nach allem, was ich über ihn gehört hatte, war er schon zum Ende des Zweiten Weltkriegs ein reicher Mann gewesen. Falls nicht Cartwrights Notizbuch-Geschäfte auch seine Transportinteressen betrafen. Das war durchaus eine Möglichkeit, doch das erklärte noch immer nicht, warum ausgerechnet ich ihm ein Dorn im Auge war. Das Hauptglied in der Kette fehlte noch immer, doch ich hatte jetzt nicht die Zeit, mir darüber den Kopf zu zerbrechen.

Ich drehte mich um, als ich Geräusche hörte, die von der Straße kamen. Ich kletterte den Hang hinauf. Ein Fernfahrer im grünen Overall mit einer Benzinreklame auf der Brust kam mir entgegen. Sein gutmütiges Gesicht war starr vor Bestürzung.

»Meine Güte«, sagte er. »Das war vielleicht ein Unfall. Kann ich etwas helfen?«

Ich schüttelte den Kopf.

»Sie sind alle drei tot. Ich kam vorbei, kurz nachdem der Wagen abgestürzt war.«

Ich bot ihm eine Zigarette an und gab ihm und mir Feuer. Der Fernfahrer starrte zu den Flammen hinunter. Seine Hand, die die Zigarette hielt, zitterte.

»Mann, da fragt man sich wirklich«, murmelte er.

»Ja, wirklich«, stimmte ich zu. »Würde es Ihnen etwas ausmachen, hier zu bleiben, bis ich die Straßenpolizei angerufen habe?«

»Gar nicht. Gar nicht. Bin froh, wenn ich etwas tun kann.«

Ich dankte ihm und stieg weiter zur Straße hinauf. Ich stieg in den Packard und lenkte ihn auf die rechte Straßenseite hinüber. Hinter mir tauchten Fahrzeuge auf und hielten. Leute sprangen aus den Autos. Ich hörte das dünne Heulen einer Sirene. Da machte ich mich davon.

12

Ungefähr fünfzehn Kilometer von der Unfallstelle entfernt steuerte ich den Packard in einen Rastplatz. In Gedanken ließ ich die Ereignisse das Tages an mir vorüberziehen. Das Bild, das sich mir bot, gewann allmählich an Klarheit. Nur gelang es mir immer noch nicht, den Anknüpfungspunkt zu meiner Person zu finden. Doch das sollte warten. Ich mußte noch einmal mit Carmodys Frau sprechen. Und ich mußte mir Bissell vorknöpfen, den Herrn Stadtkämmerer. Allerdings war ich, wenn ich mich jetzt nach Los Angeles hineinwagte, aufs höchste gefährdet.

Nach einer Weile des Nachdenkens legte ich das Problem fürs erste ad acta.

Ich fuhr den Wagen wieder auf die Straße hinaus und schlug die Richtung nach Morton Glade ein. Ich parkte den Packard in derselben Hochgarage, in der mein Buick stand und vergewisserte mich, daß mein Vehikel noch da war. Dann marschierte ich ein paar Straßen weiter und setzte mich ins nächstbeste Restaurant. Als ich meine Salatplatte verzehrt und meine zwei Tassen Kaffee getrunken hatte, machte ich mich auf die Suche nach einem Postamt und rief Stella an.

»Ich habe das Päckchen bekommen,« berichtete sie, nachdem wir die üblichen Begrüßungsfloskeln ausgetauscht hatten. »Was soll ich jetzt damit tun?«

»Du brauchst es gar nicht erst zu öffnen«, sagte ich. »Verstecke es einfach an einem sicheren Ort in deiner Wohnung.«

»Schon erledigt«, versetzte sie.

»Und jetzt hole dir einmal Block und Bleistift und schreibe mit, was ich dir zu erzählen habe«, sagte ich. »Das sind meine Gedanken zu diesem verdammten Fall.«

»Oh, wie faszinierend«, meinte sie. »Des großen Mannes Geistesblitze. Das müßte sich doch veröffentlichen lassen. Dann könnten wir uns zur Ruhe setzen.«

»Deine witzigen Bemerkungen kannst du dir sparen«, sagte ich. »Ein Witzbold im Team genügt.«

Ich wartete, während sie ihre Schreibsachen holte.

Dann diktierte ich ihr einen Bericht über die Entwicklung der Dinge bis zu diesem Augenblick. Stella pfiff zwar nicht durch die Zähne – dazu ist sie nicht der Typ –, aber ich glaubte zu hören, wie sie am anderen Ende der Leitung beeindruckt nach Luft schnappte. Lange blieb sie still, und das wollte immerhin etwas heißen.

»Sieht ganz danach aus, als wüßte Carlotta Carmody Näheres, Mike«, bemerkte sie schließlich nur.

»Vielleicht«, erwiderte ich. »Aber gestern abend waren eine Menge Leute bei den Carmodys. Ich würde mein Geld auf Bissell setzen. Außerdem war da ein Mädchen namens Gloria van den Bergh. Dunkelhaarig, Schauspielerin. Sie mal unter die Lupe zu nehmen könnte vielleicht auch lohnen.«

»In welcher Beziehung, Mike?« erkundigte sich Stella betont naiv.

Ich überging den Einwurf. Solche Bemerkungen von Stella

ignoriere ich immer. Ich hatte schon seit langem festgestellt, daß sie mir in Wortgefechten auf diesem speziellen Gebiet überlegen war. Ihre Pfeile erledigten mich am Ende immer.

»Und was haben wir bis jetzt erreicht?« fragte Stella.

»Ich wollte, du würdest nicht dauernd solche entscheidenden Fragen stellen«, beschwerte ich mich. »Sie zwingen mich dazu, der Tatsache ins Gesicht zu sehen, daß ich bei dieser Sache von A bis Z im dunkeln tappe.«

»Sei doch mal ernst, Mike.«

»Ach Gott, wenn du wüßtest!«

»Du fährst wieder nach Lake Ridge?«

»Ich muß ja«, erklärte ich. »Ich habe den Wagen für eine Woche gemietet.«

Sie schnalzte unwillig mit der Zunge. Auch das überhörte ich einfach.

»Ich muß noch ein paar Tage zulegen«, sagte ich. »Ich weiß jetzt wenigstens, in welcher Richtung ich mich zu bewegen habe.«

»Abwärts?« kam es aus dem Telefon.

Ich hielt den Hörer von mir ab und dachte mir aus, was ich ihr alles darauf hätte antworten können. Draußen schlenderten Leute durch den Sonnenschein. Als mir endlich die passende Erwiderung eingefallen war, hatte Stella schon ein neues Thema angeschnitten.

»Bleibe einen Moment am Apparat«, rief sie. »Eben kommt eine Kurzmeldung im Radio.«

Wenig später meldete sie sich wieder.

»Kurznachrichten«, sagte sie. »Drei Männer bei einem schweren Autounglück getötet. Die Polizei sucht dringend einen Mann in einem dunklen Packard, um ihn zu dem Unfall zu vernehmen.«

»Ja, das glaube ich«, meinte ich. »Ja, also, mir geht jetzt das Kleingeld aus. Paß gut auf das Päckchen auf, Stella. Du kannst mich jederzeit über Pop Martin erreichen, wenn etwas Dringendes los sein sollte.«

»Natürlich, Mike«, antwortete Stella. »Aber vielleicht suchst du dir das nächste Mal einen Fall aus, der es dir erlaubt, in greifbarer Nähe des Büros zu bleiben.«

Ich legte auf und machte mich auf den Rückweg zur Parkgarage. Warm schien mir die Sonne ins Gesicht, als ich durch die kleine Stadt fuhr, und die Luft roch frisch und rein. Wer in Los

Angeles ständig unter einer Dunstglocke lebte, hatte schon fast vergessen, was frische Luft eigentlich war. Aber in Morton Glade gab es sie noch. Mir fiel ein, was Julie Nordstroms Großvater von Los Angeles seiner Zeit erzählt hatte; mir wollte es scheinen, als müßte das Ewigkeiten her sein.

Als ich die kleine Stadt hinter mir hatte, trat ich aufs Gaspedal und machte mich wieder einmal daran, die einzelnen Stücke des Puzzlespiels in Gedanken hin und her zu schieben. Doch ich brachte kein Bild zustande, das mir sinnvoll erschien. Ich sauste mit gleichmäßiger Geschwindigkeit durch den Sonnenschein und blickte gelegentlich in den Rückspiegel, ohne zum Glück etwas Verdächtiges zu entdecken. Mit meinem Problem kam ich nicht weiter, aber ich fühlte mich trotzdem wohl und entspannt, als ich schließlich den Pine Lake erreichte.

Das Wasser des Sees leuchtete jetzt hellgrün in der Sonne, und Segelboote mit roten und blauen Segeln schaukelten auf seinen Wellen. Ich passierte das Hotel, und ein Mann in Blue jeans und einem verwaschenen blauen Hemd winkte mir, als ich vorüberfuhr. Erst im Rückspiegel erkannte ich, daß es Pop Martin gewesen war. Ich winkte verspätet zurück.

Vor Dexters Sommerhaus hielt ich an und ließ den Wagen mit laufendem Motor stehen. Ich sperrte die Garagentür auf und schob sie hoch. Dann fuhr ich den Packard hinein und stellte den Motor ab. Die Stille ringsum hüllte mich ein. Ich zog die Garagentür herunter und lief durch den Gang, der das Haus mit der Garage verband.

Im Haus war es still und kühl, und ich fragte mich, warum sich Dexter nicht häufiger hier zurückzog. Während der Woche hatte er zwar viel zu tun, aber seine Wochenenden waren immer frei. Vielleicht vermietete er das Haus während der Hochsaison. Nun ja, mich ging das nichts an. Und wenn er öfter hier herauskam, dann würde mir das Haus nicht mehr so häufig zur Verfügung stehen. Ich ging durch das Haus und öffnete die Fenster, um die würzige Waldluft hereinzulassen. Dann zog ich mein Jackett aus und nahm das Halfter mit der Smith & Wesson ab und ging ins Badezimmer. Ich duschte mich und kochte Kaffee, während ich mich rasierte. Rasch kleidete ich mich wieder an, schlenderte in die Küche, trank meinen Kaffee und beobachtete, wie die Schatten über dem See länger wurden.

Ich sah auf meine Uhr. Ich hatte Julie Nordstrom versprochen, sie an diesem Abend auszuführen. Ich kehrte ins Wohnzimmer zurück und nahm meine Kaffeetasse mit. Ich setzte mich aufs Sofa und ließ die Stille des Nachmittags auf mich wirken und trank in aller Ruhe meinen Kaffee. Als ich den letzten Schluck hinuntergespült hatte, trug ich die Tasse hinaus in die Küche und stellte sie in die Spüle. Ich nahm mein Jackett und den Revolver und wollte zum Schlafzimmer gehen. Da vernahm ich ein Geräusch, nur ganz kurz und undeutlich.

Es schien aus dem Schlafzimmer zu kommen. Ich zog den Smith & Wesson aus dem Halfter, warf mein Jackett und meine Krawatte über eine Stuhllehne. Lautlos schlich ich zur Schlafzimmertür. Sie war nur angelehnt. Langsam stieß ich sie mit der freien Hand auf.

Durch den Spalt konnte ich ins Zimmer hineinsehen. Die Nachmittagssonne strahlte durch die großen Fenster, die zum See hin lagen. In ihrem Licht konnte ich verschiedene Dinge erkennen, die auf dem Teppich verstreut lagen. Ein Paar Ledersandalen, gelbe Socken, eine lange, blaue Hose, einen roten Pullover; schwarze Dessous.

Ich steckte den Smith & Wesson wieder ein, wickelte mein Jackett um den Revolver und das Halfter herum und ließ das Bündel auf einem Stuhl liegen. Dann stieß ich die Schlafzimmertür ganz auf und schritt zum Bett.

Das blonde Haar des Mädchens floß wie gesponnenes Gold über das Kopfkissen. Die runden Schultern waren glatt und jung und sehr braungebrannt; die weißen Zähne blitzten in einem Lächeln, als das Mädchen so tat, als drehte sie sich im Schlaf herum.

»Wenn Sie meinen, was ich denke, daß Sie meinen, dann gute Nacht!« sagte ich.

»Ich glaubte, Sie würden überhaupt nicht mehr kommen«, antwortete Julie Nordstrom sehr wach.

13

Ich ging weiter, bis ich vor dem Bett stand. Julie Nordstrom strahlte einen Duft aus, der mich an Kiefernwälder erinnerte. Und alles, was ich von ihr sehen konnte, waren ihr Kopf und ihre Schultern. Ich hatte das Gefühl, daß ich die Kontrolle verloren hätte, wenn mehr von ihr sichtbar gewesen wäre. Ich stand da und blickte auf sie hinunter. Ich hätte ärgerlich sein sollen, doch ich war es nicht.

»Wie sind Sie hereingekommen?« fragte ich nur.

Sie machte ein Schmollmündchen.

»Ich habe mir den Schlüssel von Pop Martin geliehen. Ist das alles, was Sie mir zu sagen haben?«

»Im Augenblick ja«, erwiderte ich. »Was soll das?«

Wieder schob das Mädchen schmollend die Lippen vor. Es sah verlockend aus an ihr.

»Manche Männer muß man mit dem Hammer auf den Kopf hauen«, sagte sie.

»Ach, lassen Sie das, Julie«, rief ich. »Wir kennen einander doch kaum. Und ich bin kein Mann, der junge Mädchen dazu verleitet, ihre Kleider auszuziehen.«

Julie Nordstrom lächelte und öffnete zum erstenmal ihre Augen ganz.

»Sie unterschätzen Ihre Anziehungskraft, Mike«, versetzte sie. »Sie wollen doch nicht behaupten, daß dies das erstemal wäre, daß Sie mit einem Mädchen, das sie kaum kennen, im Bett gelandet sind.«

»Das möchte ich natürlich nicht behaupten«, gestand ich bescheiden. »Aber das hier ist etwas anderes. Erstens ziehe ich das Mädchen lieber selbst aus, wenn ich das will. Und zweitens ist das hier Sammy Dexters Haus und nicht meines. Es würde ihm bestimmt nicht passen, wenn wir hier in seinem Haus Dummheiten machen. Und drittens würde es auch Ihrem Großvater nicht passen.«

Julie Nordstrom runzelte unwillig die Stirn und sah trotzdem zum Anbeißen aus.

»Keiner fragt, was mir paßt«, beschwerte sie sich. »Ich würde liebend gern in diesem Haus Dummheiten machen.«

Ich grinste und setzte mich auf den Bettrand. Ich zog meine Zigaretten heraus und steckte zwei an. Eine schob ich Julie zwischen die Lippen.

»Ich auch«, bekannte ich. »Aber es gibt gewisse Regeln.«

Julie blies eine Rauchwolke in die Luft und sah mich aufmerksam an.

»Regeln sind da, um gebrochen zu werden«, erklärte sie vorlaut.

»Vielleicht«, meinte ich, »aber dazu wähle ich mir Ort und Zeit lieber selbst.«

»Sie sind ein alter Mäkler«, schimpfte sie. »Und geheimnisumwittert dazu.«

»Wieso das?« fragte ich.

Sie zuckte die Achseln.

»Sie sind nicht der Typ, der sich hier an einem einsamen See verkriecht und dann noch nicht einmal angelt oder segelt. Verstecken Sie sich eigentlich vor jemandem?«

Ich maß sie mit einem eindringlichen Blick.

»Haben Sie einen Feldstecher zu Hause?«

Sie lachte. »Touché. Seien Sie nicht böse, Mike, wenn ich neugierig scheine. Ich interessiere mich für Sie, das ist alles. Und wenn ich mich für einen Mann interessiere, dann möchte ich alles über ihn wissen. So zum Beispiel, ob er verheiratet ist.«

»Würde das denn eine Rolle spielen?« erkundigte ich mich.

Sie krauste die Nase.

»Vielleicht. Käme auf die Umstände an. Ich würde sagen, daß Sie nicht verheiratet sind.«

»Richtig geraten.«

Julie Nordstrom lächelte wieder. Sie wackelte unter der Decke mit den Zehen. Ich rauchte meine Zigarette fertig und ging zu dem Aschenbecher auf dem Nachttisch, um sie auszudrücken. Julie reichte mir die ihre, und ich drückte sie ebenfalls aus.

Als ich mich umdrehte, hatte sie die Decke heruntergezogen. Sie war splitterfasernackt und sie hatte einen atemberaubend schönen Körper. Herausfordernd lachte sie mich an.

»Gefalle ich Ihnen?«

Ich blickte so ruhig ich konnte auf sie hinunter.

»Ja, Sie gefallen mir«, antwortete ich kurz. »Aber wie gesagt, alles zu seiner Zeit.«

Ich beugte mich herunter und zog die Decke wieder hoch.

»Ziehen Sie sich an, Julie. Wir gehen zum Essen, wie ausgemacht.«

Sie fluchte, und einen Moment lang dachte ich, sie würde zuschlagen.

»Ich bin nicht immer in Geberlaune, Mike«, sagte sie mit kleiner Stimme. »Ein zweites Mal wird das vielleicht nicht vorkommen.«

»Das Risiko gehe ich ein«, erwiderte ich. »Ich warte draußen, bis Sie fertig sind.«

Sie schwang sich aus dem Bett, als ich davonging. Ich konnte sehen, daß sie wütend war. Ich schlenderte in die Küche und kam mir ziemlich blöde vor. Aber irgend etwas an dieser Sache gefiel mir ganz und gar nicht. Mädchen wie Julie machten sich einem nicht so leicht zum Geschenk.

Nichts verriet ihren Zorn, als sie an der Schlafzimmertür erschien.

»Ich bin jetzt salonfähig, Mike«, verkündete sie.

Sie kam ganz nahe zu mir, und ihr Atem wehte mir warm und süß ins Gesicht, als sie meine Wange küßte.

»Tut mir leid. Ich hätte es besser wissen müssen.«

»Schon gut, Julie«, sagte ich. »Wohin wollen Sie fahren?«

Sie ging zum Spiegel und zog ihre Lippen nach.

»Fahren wir doch einfach ins Blaue«, meinte sie. »Hier ist der Extraschlüssel fürs Haus.«

Sie legte ihn auf den kleinen Tisch vor dem Spiegel. Sie drehte sich um und sah mich an.

»Ich habe doch nicht alles verpatzt?«

Ich schüttelte den Kopf.

»Habe ich das gesagt? Kommen Sie, nehmen wir die Dinge einfach, wie sie kommen.«

Ich ging hinaus und holte den Packard aus der Garage. Dann fuhren wir ins Blaue.

Wir entdeckten oben in den Bergen ein kleines Restaurant mit einer aus dem Fels gehauenen Terrasse. Es bot einen idyllischen Blick auf ein kleines Tal und einen Wasserfall.

Julie Nordstrom hatte ihre gute Laune wiedergefunden, und wir aßen und tranken und redeten wie zwei Menschen, die seit Jahren dicke Freunde waren. Später tanzten wir, und ihr Körper lag leicht und geschmeidig in meinen Armen, und noch später gingen wir mit unseren Drinks hinaus auf die Terrasse und sahen zu, wie die Sonne unten im Tal brennend rot unterging und langsam die Lichter der Häuser die hereinbrechende Dunkelheit durchbohrten.

»Das war ein wunderschöner Abend, Mike«, sagte Julie Nordstrom. »Die Geschichte heute nachmittag ist mir richtig peinlich.«

»Ich dachte, wir hätten uns geeinigt, das zu vergessen.«

Sie zuckte die Achseln und blickte wieder ins Tal hinunter.

»Ich war noch nie hier oben. Wir müssen wieder einmal herkommen.«

»Ja, irgendwann«, sagte ich. »Ich bleibe ja nur eine Woche in Pine Ridge.«

Sie seufzte. »Das hatte ich vergessen. Werden wir uns in Los Angeles sehen?«

»Das kommt darauf an«, versetzte ich.

»Worauf?«

Sie schüttelte den Kopf, daß der blonde Pferdeschwanz flog. Sie sah aus wie ein Schulmädchen.

»Darauf, ob Sie mir Ihre Adresse geben«, sagte ich.

Ein schwaches, nervöses Lächeln zuckte um ihre Mundwinkel und erlosch.

»Sie brauchen nur im Rathaus nach mir zu fragen«, sagte sie.

Ich stellte mein Glas auf den Tisch, an dem wir saßen.

»Im Rathaus?« echote ich verblüfft.

»Wußten Sie das nicht?« fragte sie. »Ich bin dort als Sekretärin angestellt.«

Ich schüttelte den Kopf.

»Wäre es indiskret zu fragen, in welcher Abteilung?«

»Finanzen«, antwortete sie kurz.

Danach war es lange still. Ich griff nach meinem Glas und leerte es. Ich bestellte nur noch einen Cocktail beim Kellner, der in der Nähe unseres Tisches herumlungerte. Julie Nordstrom schüttelte den Kopf. Keiner von uns sagte etwas, bis der Kellner mit meinem Drink zurückgekommen war. Es war, als wüßten wir beide etwas und hätten Angst, es in Worte zu fassen.

»Dann können Sie mir vielleicht helfen, Julie«, sagte ich schließlich. »Ich werde Ihnen jetzt reinen Wein einschenken.«

Das Mädchen hielt den Kopf gesenkt. Ihre Hände lagen um ihr Glas. Jetzt blickte sie auf, und ihr Gesicht war weiß. Ich bildete mir ein, Tränen in ihren Augen schimmern zu sehen, aber vielleicht war das nur der Widerschein der Lichter auf der Terrasse.

»Finden Sie denn, daß ich Ihnen helfen sollte, Mike?« fragte sie leise.

»Ich dachte, Sie wollten es«, erwiderte ich.

Ihr Verhalten war mir unverständlich. Trotzdem gab ich nicht auf.

»Ich bin Privatdetektiv«, sagte ich. »Ich verdiene mir meinen Lebensunterhalt damit, daß ich Geschäfte übernehme, an denen sich andere Leute die Hände nicht schmutzig machen wollen. Zu mir kommen Ehemänner, die ihren Frauen nicht trauen; Männer, die von jemandem erpreßt werden, der über den einzigen Fehltritt in ihrem Leben Bescheid weiß; Leute, deren Ehepartner plötzlich spurlos verschwunden sind und die nicht wissen, ob der Mann oder die Frau einfach auf und davon sind oder einen Unfall erlitten haben. Manchmal stoße ich dann in einer dunklen Gasse auf die Leiche des Gesuchten; oder es will jemand dunkle Machenschaften aufdecken und setzt mich auf die Spur, und ich lasse mich dann nachts auf einsamen Straßen zusammenschlagen, weil mir nichts Dümmeres einfällt. Ich kenne das Leben von seiner dunkelsten Seite.«

Für mich war das eine ziemlich große Rede, und ich wußte im Grund nicht recht, warum ich sie gehalten hatte. Julie Nordstrom sah mich einen Moment bestürzt an.

»Warum erzählen Sie mir das alles, Mike?« fragte sie. »Mir ist es doch gleichgültig, was Sie arbeiten.«

»Ich wollte Sie nur über mich aufklären«, erwiderte ich. »Außerdem steckt ein egoistischer Grund dahinter. Ich dachte, Sie könnten mir vielleicht helfen.«

»Aber wie denn?« fragte sie. Neugier stand in ihrem Gesicht.

»Das liegt doch auf der Hand«, erklärte ich. »Sie haben davon gehört, daß der Bürgermeister von Los Angeles ermordet worden ist. In der Stadt munkelt man, daß es bei der Stadtverwaltung demnächst einen Riesenskandal wegen Veruntreuung städtischer Gelder geben wird. Riesige Summen sind verschwunden. Sie sitzen in der Stadtverwaltung, in der Abteilung, um die es geht. Ich möchte Sie bitten –«

Ich brach ab. Julie Nordstrom machte eine plötzliche Geste, und ich dachte, ihr Glas würde umstürzen. Sie legte die andere Hand auf den Tisch, als wollte sie sich stützen.

»Sie verlangen viel, Mike«, sagte sie mit kleiner, gepreßter Stimme. »Ich habe dort eine Vertrauensstellung. Wenn das, was Sie sagen, wahr ist –«

»Lassen wir es, Julie«, fiel ich ihr ins Wort. »Ich hätte gar nicht davon anfangen sollen. Es war nur so ein Gedanke.«

Das Mädchen sah sich um und winkte dem Kellner.

»Ich glaube, ich trinke jetzt doch noch einen, wenn es Ihnen nichts ausmacht«, sagte sie.

Der Kellner kam an den Tisch, und ich bestellte für sie.

Julie Nordstrom schien ihre Beherrschung wiedergefunden zu haben. Sie sah mir direkt ins Gesicht, und ich konnte in ihren Augen nur Offenheit erkennen.

»Ich habe nicht gesagt, daß ich Ihnen nicht helfen würde, Mike«, bemerkte sie. »Aber ich muß mir das doch erst einmal durch den Kopf gehen lassen.«

»Natürlich«, pflichtete ich ihr bei. »Sie können mir ja morgen früh Bescheid geben. Aber was ich Ihnen erzählt habe, muß unter uns bleiben.«

Das Mädchen nahm das Glas, das der Kellner vor sie hinstellte, und spülte den Cocktail hinunter wie Wasser.

»Sie haben mir nicht gesagt, in wessen Auftrag Sie arbeiten«, sagte sie schließlich.

»Das ist vertraulich«, erklärte ich. »Wir dürfen darüber nicht sprechen. Berufsethos und so weiter. Aber es geht alles mit rechten Dingen zu.«

»Ich habe mich entschlossen«, sagte sie plötzlich. »Ich werde Ihnen helfen. Kommen Sie, fahren wir zurück und besprechen wir alles.«

Sie war still, als wir nach Pine Ridge zurückfuhren. Ich stellte den Wagen in die Garage und sperrte die Haustür auf. Sie ging ins Wohnzimmer und setzte sich auf das große Sofa vor dem offenen Kamin, während ich zur Hausbar ging und zwei Drinks mixte. Sie nahm das Glas von mir und stellte es auf den Tisch, ohne auch nur daran genippt zu haben. Sie saß ganz ruhig da und starrte in den Kamin, in dem kein Feuer brannte. Ich ließ mich auf der Armlehne des Sofas nieder und kostete den Whisky-Soda.

»Es ist ein schwieriger und gefährlicher Fall«, bemerkte ich unvermittelt.

Das Mädchen saß weiter stumm da, die Hände im Schoß gefaltet.

»Ich würde niemals etwas von Ihnen verlangen, was gegen das Gesetz verstößt, Julie«, fuhr ich fort. »Oder was Ihre Stellung in Gefahr bringen würde. Ich möchte Sie nur bitten, Augen und Ohren offenzuhalten und mir Bescheid zu geben, wenn etwas Ungewöhnliches sich ereignet.«

»Zum Beispiel?« fragte sie.

»Außerordentliche Entscheidungen von Greg Bissell, zum Beispiel«, gab ich zurück. »Nicht eingeplante Geschäftsreisen, ungewohnte Besucher, merkwürdige Anrufe.«

Julie Nordstrom drehte sich um und sah mich an.

»Worauf soll ich denn achten?« fragte sie.

Ich muß so erbittert ausgesehen haben, wie ich mich fühlte.

»Das weiß ich selbst nicht recht, Julie«, antwortete ich. »Das ist die verrückteste Geschichte, die mir bisher vorgekommen ist, und ich kann es mir im Moment nicht leisten, jemanden ins Vertrauen zu ziehen. Es ist alles zu kompliziert.«

Das Mädchen richtete sich auf und griff nach seinem Glas.

»Ich finde, Sie verlangen reichlich viel, Mike«, sagte sie wieder.

Ich rutschte neben sie aufs Sofa.

»Ich weiß, Julie, und ich würde es nicht verlangen, wenn es nicht von höchster Bedeutung wäre«, erwiderte ich. »Sie sind doch auf Urlaub hier?«

Sie nickte. »Ich hatte noch ein paar Tage gut, da bin ich hier herauf gekommen. Zwei Tage bleiben mir noch, dann muß ich zurück.«

»Dann müssen wir die Zeit gut nützen«, sagte ich.

Zum erstenmal seit langer Zeit lächelte sie wieder.

»Darauf wollte ich heute nachmittag schon hinaus«, erklärte sie.

Sie rückte ganz nahe an mich heran und streichelte mit ihren Lippen mein Ohr. Sie roch gut.

»Das kommt schon noch, Julie«, sagte ich.

»Und es ist wirklich so unheimlich wichtig?« fragte sie.

Ich nickte. »Immerhin so wichtig, daß gewisse Leute hartnäkkig versuchen, mich aus dem Weg zu räumen«, erklärte ich. »Nicht einmal, sondern mehrmals.«

Vielleicht war es Einbildung, aber nun schien das Mädchen einen Schein blasser geworden.

»Aber Sie sind nicht in Gefahr«, fügte ich hinzu. »Aus irgendeinem Grunde hat man es nur auf mich abgesehen.«

»Daran dachte ich jetzt nicht«, sagte sie leise.

Sie drängte sich noch näher an mich heran und schlang ihre Arme um mich. Ihr Haar roch wie der Sommer.

»Wir sprechen morgen darüber, Julie«, sagte ich. »Wir haben noch genug Zeit.«

Behutsam löste ich mich aus ihren Armen und ging hinüber zum Lichtschalter. Ich konnte das leise Rascheln ihrer Kleider hören, als ich zum Sofa zurücktappte.

»Und was ist mit deinem Großvater?« sagte ich. »Erwartet der dich nicht zu Hause?«

Sie lachte leise in der warmen Dunkelheit.

»Der ist schon vor Stunden schlafen gegangen. Außerdem ist er an meine Art von Leben gewöhnt. Manchmal marschiere ich die ganze Nacht am See entlang.«

»Wenn er nur nicht plötzlich hier aufkreuzt«, meinte ich.

Sie lachte wieder. »Er würde dir schön das Fell vergerben – trotz seines Alters«, sagte sie.

»Ich habe noch nichts angestellt«, verteidigte ich mich.

»Dann verschwende jetzt nicht so viel Zeit«, versetzte Julie. »Seit ich dich kennengelernt habe, wünsche ich mir, daß du etwas mit mir anstellst.«

Sie nahm meine Hände in der Dunkelheit und führte sie zu ihrer Brust. Sie war nackt bis zur Taille. Ich half ihr aus der langen Hose und dem Höschen. Plötzlich hatten wir es sehr eilig.

»Willst du ins Schlafzimmer gehen?« fragte ich.

»Warum? Gefällt es dir hier nicht?« erwiderte Julie.

Ihr Atem schlug warm und schnell an meine Wange. Ihre Nägel gruben sich in meine Schultern, als sie mich mit sich auf das Sofa zog.

Es wurde eine lange Nacht.

14

Bissell, der Stadtkämmerer, wohnte in einer kleinen Straße, die vom Ocean Drive abbog. Ich wartete bis zum frühen Abend, ehe ich ihn aufsuchte. Das Hin und Her zwischen Pine Ridge und Los Angeles war lästig, doch da Carmody für mein Benzin zahlte, brauchte ich nicht zu sparen. Und ich mußte in die

Stadt, wenn ich etwas erreichen wollte. Mit Julie Nordstrom hatte ich am Morgen einen Pakt geschlossen. Sie hatte versprochen, mir zu helfen. Später hatte ich Stella angerufen und ihr Bericht erstattet; allerdings nicht über die Ereignisse der vergangenen Nacht. Wenn es um meine Moral geht, ist Stella nicht sehr großzügig.

Sie hatte nichts von Belang zu melden. McGiver hatte mehrmals angerufen und sich darüber beschwert, daß ich nicht zu erreichen war. Und auch Carlotta Carmody hatte sich gemeldet. Nun, sie würde bis zum folgenden Tag warten müssen. An diesem Abend würde ich mit Bissell alle Hände voll zu tun haben.

Ich fand endlich das Haus, eine große Villa mit langer Veranda, einem gepflegten Garten und einer langen Auffahrt, die von Statuen fragwürdigen Geschmacks gesäumt war. Es war interessant zu sehen, wie das Geld der Stadt Los Angeles angelegt worden war.

Ich parkte den Packard im vorderen Teil des Grundstücks hinter einer Hecke, so daß ich, wenn es nötig werden sollte, schnellstens verschwinden konnte. Dann marschierte ich zwischen den Statuen hindurch die Auffahrt hinauf. Sie waren Kopien antiker Vorbilder und wirkten in dieser Umgebung kitschig und fehl am Platz.

Ich stieg die Stufen zur Veranda hinauf und steuerte auf die Haustür zu. Zu beiden Seiten der Eichentür waren Glaspaneele in die Wand eingelassen, und jenseits konnte ich ein in Mahagoni getäfeltes Foyer erkennen. Lichter brannten in glitzernden Kristallüstern. Mehrere Türen führten vom Foyer weg. Sie alle standen an diesem warmen Abend offen.

Ich hielt es für klüger, mich nicht anzumelden. Ich hatte das merkwürdige Gefühl, daß mir Interessantes bevorstand, und ich war in der letzten Woche so herumgestoßen worden, daß es mir Befriedigung verschaffte, daran zu denken, daß jetzt endlich einmal ein anderer aus allen Wolken fallen würde. Und wenn mich meine Ahnung wirklich trügen sollte und Bissell nichts vorzuwerfen war – nun, ich hatte früher schon verschiedentlich im Gefängnis gesessen; nur über Nacht natürlich. Am nächsten Morgen konnte Stella mich immer auslösen. Ich vergewisserte mich, daß der Smith & Wesson geladen war. Dann drehte ich versuchsweise den Knauf der Haustür. Die Tür war unverschlossen. Geräuschlos drückte ich sie auf und huschte ins Haus.

Ich lehnte mich gegen die Tür und überlegte, was nun folgen

sollte. Kurz entschlossen schlich ich mich durch den Flur zu den offenen Türen. Ich spähte in den ersten Raum hinein. Dort brannte kein Licht. Also verschwendete ich auch keine Zeit mit einer näheren Inspektion. Aus den beiden Räumen zur Rechten hingegen fiel Licht. Stimmen drangen aus jenem, der mir näher gelegen war. Ich schlich weiter vor und drückte mich gegen die Wand. Ich konnte nur einen schmalen Streifen des Zimmers sehen, doch offenbar handelte es sich um Mr. Bissells Bibliothek.

Zwei Stimmen führten das Wort, während von einer dritten nur gelegentlich ein Einwurf kam. Ich erkannte Bissells Stimme, doch die des anderen Wortführers war mir unbekannt. Zu Anfang gelang es mir nicht, einzelne Worte aus dem Gemurmel auszumachen, doch dann mußte Bissell näher zur Tür getreten sein.

Ich hörte, wie er schneidend sagte: »Die Sache hätte längst erledigt werden müssen. Jetzt fängt die Presse an, Wirbel zu machen.«

Die Erwiderung war unverständlich, doch Bissell fuhr seinen Gesprächspartner jetzt scharf an.

»Ich brauche keine Entschuldigungen. Wir zahlen nicht für Ausreden. Sie haben erklärt, die Angelegenheit wäre ganz einfach.«

Der erste Satz des anderen Mannes entging mir, doch dann stand plötzlich eine Bemerkung ganz klar im Raum.

»Als Cartwright beseitigt wurde . . .«

Bissells Stimme überschlug sich fast, als er nun sein Gegenüber anschrie.

»Das war keine Lösung«, kreischte er. »Mit Cartwright hätte die Sache ein Ende haben sollen. Statt dessen fing sie damit erst an.«

Da mischte sich die dritte Stimme ein. Sie schlug einen gefährlich leisen und bestimmten Ton an.

»Das gehört alles der Vergangenheit an, Bissell«, sagte die Stimme. »Jetzt kommt es darauf an zu beschließen, was als nächstes geschehen soll.«

Bissell beruhigte sich. Die Stimme des dritten Mannes, so monoton und sachlich wie eine Plattenaufnahme, fuhr fort.

»Holen Sie die Zahlen her. Dann werde ich das erledigen.«

Schuhe scharrten auf dem Parkett. Ich zog den Smith & Wesson heraus und huschte auf Zehenspitzen durch den Flur. Ich glitt durch eine offene Tür in ein dunkles Zimmer und suchte mir ein gemütliches Eckchen hinter einer Kommode. Bissells schnelle Schritte hallten im Gang wider.

Er trat durch die Tür in das Zimmer, in dem ich mich versteckt hatte. Ich hörte das Knacken des Lichtschalters. Als ich mich hinter der Kommode zusammenkauerte, sah ich, daß der Raum ein Arbeitszimmer war. Bissell schritt zu einem Schreibtisch in der gegenüberliegenden Ecke, während er ununterbrochen vor sich hinmurmelte. Er trug einen blauen, gesteppten Hausmantel – trotz der Hitze –, und ich konnte sehen, daß er darunter angekleidet war. Er kramte eine Weile in den Papieren auf dem Schreibtisch, während ich mir den Kopf zerbrach, was ich denn nun tun sollte. Aus dem anderen Zimmer kam kein Laut. Ich richtete mich auf und tastete mich lautlos zur Tür. Geräuschlos schloß ich sie.

Bissell hörte mich auch nicht, als ich über den dicken Teppich lautlos zu ihm schlich. Er stand noch immer über seine Papiere gebeugt, als ich die Mündung des Smith & Wesson hinter sein rechtes Ohr drückte.

»Wenn Sie Cartwrights Notizbuch suchen sollten«, sagte ich, »so werden Sie es hier bestimmt nicht finden.«

Bissell fuhr zusammen und begann heftig zu zittern. Mehrmals räusperte er sich. Unartikulierte, erstickte Geräusche drangen aus seinem Mund.

Ich legte meinen Mund ganz nahe an sein Ohr.

»Ein Laut, und Sie sind ein toter Mann«, drohte ich.

Er nickte und drehte sich um. Ich hielt den Revolver weiterhin auf seinen Hinterkopf gerichtet.

»Wer sind Sie?« stammelte er schließlich.

»Mein Name ist Faraday«, versetzte ich. »Wir haben uns vorgestern abend bei den Carmodys kennengelernt. Erinnern Sie sich? Sie machten sich Sorgen um die Finanzen der Stadtverwaltung, wenn ich mich richtig erinnere.«

Bissell wurde bleich.

»Was wollen Sie?« krächzte er.

»Ein paar Tatsachen«, antwortete ich. »Nur ein paar simple Fakten. Über die zweifelhaften Geschäfte, die im Rathaus betrieben werden. Und über die Frage, wer mir ständig nach dem Leben trachtet?«

Er leckte sich die Lippen. Seine Zähne waren gelblich verfärbt. Mit nervöser Hand zupfte er an seinem Hemdkragen, und der Schweiß rann ihm in kleinen Bächen über das Gesicht.

Ich schwenkte den Smith & Wesson vor seiner Nase.

»Überlegen Sie sich Ihre Antwort gut«, riet ich. »Wir wollen Ihre Freunde nicht hereinholen.«

Er schluckte krampfhaft. Ich hatte den Eindruck, daß er Zeit gewinnen wollte.

»Das ist äußerst schwierig«, erklärte er.

»Das glaube ich«, stimmte ich zu. »Aber die Lage wird für Sie noch schwieriger, wenn der Revolver losgeht. Ich möchte jetzt endlich die wahre Geschichte über die Geschäfte von Bürgermeister Cartwright hören. Und weshalb Bo Sondergaard sich für mich interessiert.«

Bissells Hand fuhr wieder zum Hemdkragen. Ich konnte die nassen Flecken auf seinem Hemd sehen. Ich fand den Mann widerlich.

»Sondergaard?« flüsterte er. »Den Namen habe ich nie gehört.«

»Sie haben fünfzehn Sekunden Zeit«, sagte ich. »Dann geht der Ballermann los.«

Seine Stimme hob sich zu einem schrillen Wimmern.

»Das würden Sie nicht wagen«, sagte er. »Ich bin eine bekannte Persönlichkeit.«

»Auf dem Friedhof liegen viele bekannte Persönlichkeiten«, versetzte ich. »Was habe ich zu verlieren? Seit einer Woche bemühen sich Sondergaards freundliche Mitarbeiter, mich unter die Erde zu bringen. Die Ruhe täte mir direkt gut.«

Ich drückte ihm die Mündung des kurzläufigen Smith & Wesson unter das Kinn. Das Vibrieren der Angst setzte sich über den Lauf des Revolvers fort.

»Ich bin bereit, Ihnen alles zu sagen«, wisperte er.

»Das ist schon besser«, erwiderte ich und zog den Revolver ein kleines Stück zurück, so daß der Druck auf Bissells Hals etwas nachließ. »Es stimmt also, daß im Rathaus dunkle Geschäfte gemacht werden? Und daß Sie daran beteiligt sind?«

Bissell lief rot an und biß sich auf die Zunge.

»Es stimmt«, bestätigte er, »aber ich bin nicht der einzige, der in die Sache verwickelt ist. – Es wird Ihnen ja sowieso niemand glauben.«

Ich versetzte ihm einen scharfen Stoß mit dem Revolverlauf.

»Ich kann begreifen, weshalb Cartwright umgelegt wurde«, bemerkte ich. »Doch was geht das alles mich an?«

In Bissells Augen glühte ein Funke auf. Er wand sich zur Seite.

»Es geht um ein Notizbuch«, sagte er. »Es ist sehr wichtig. Wir wissen, daß Sie es haben. Deshalb –«

Er brach ab, als von der Tür plötzlich ein Geräusch kam. Ich erstarrte. Blitzschnell wirbelte ich herum und brachte den Smith & Wesson in Anschlag. Bissell packte ich am Kragen.

Ein Mann stand auf der Schwelle. Er bot einen außergewöhnlichen Anblick. Er war groß, etwas über einen Meter achtzig. Er hatte ein bleiches Gesicht und einen ausgesprochen schmalen Kopf mit ölig glänzendem, schwarzen Haar. Er sah wie ein Italiener aus, und der Eindruck wurde noch verstärkt durch den hellgrauen Anzug mit den feinen Nadelstreifen, den er trug. Seine Augen waren hinter einer dunklen Brille verborgen, obwohl das Licht im Arbeitszimmer gewiß nicht blendend hell war. Sein Mund war eine dünne, verkniffene Linie, wie ein dunkler Strich unter der großen Nase. Ich fühlte mich an eine bösartige, gefährliche Schlange erinnert.

Er stand da, die eine Hand in der Tasche seines schmal geschnittenen Jacketts, mit der anderen einen weißen Stock haltend, wie ihn Blinde mit sich führen. Aber ich war überzeugt, daß er nicht blind war.

Von dem anderen Mann, der mit Bissell im Nebenzimmer gesprochen hatte, war nichts zu sehen.

»Sie sind schon tot, Faraday«, sagte die Schlange mit der gleichen monotonen Stimme, die ich schon in der Bibliothek gehört hatte.

Ich sah aus dem Augenwinkel, daß Bissell eine Bewegung machte. Er packte einen Briefbeschwerer auf seinem Schreibtisch. Ich schlug ihm den Lauf des Smith & Wesson ins Gesicht, und er sackte zu Boden. Ich richtete die Waffe auf den italienisch aussehenden Mann im gestreiften Anzug. Er hatte sich nicht gerührt. Lässig stand er da, auf seinen Stock gestützt.

»Treten Sie näher, Sondergaard«, sagte ich.

Langes, drückendes Schweigen folgte. Ich sprang hastig zur Seite, als hinter dem Schreibtisch ein Geräusch klang. Es war nur Bissell, der wieder zu Bewußtsein kam. Er stand auf und spie einen Zahn aus, wobei er böse lächelte.

»Das werde ich Ihnen nicht vergessen«, murmelte er.

»Mein Name ist Faraday«, versetzte ich. »Nur für den Fall,

daß Sie ihn nicht richtig gehört haben sollten. Wenn ich Ihren Charakter falsch eingeschätzt haben sollte, können Sie mir ja immer noch die Rechnung vom Zahnarzt schicken.«

Ich wandte den Blick nicht von Sondergaard. Böse Strahlungen schienen von seiner reglosen Gestalt auszugehen. Ich spähte an ihm vorbei; doch im Flur rührte sich nichts.

»Dieser Mensch ist Privatdetektiv, Mr. Sondergaard«, sagte Bissell sehr laut und sehr betont. »Er weiß, daß Bürgermeister Cartwright für die Fehlbeträge in der Stadtkasse verantwortlich ist. Und er bildet sich ein, daß Sie in die Sache auch verwikkelt wären.« Bissell tupfte sich den Mund mit einem Taschentuch ab, das er aus einer Tasche seines Hausmantels zog. »Er glaubt außerdem, daß Sie ihn töten wollen«, fügte er hinzu.

Er lachte laut, als wollte er damit seine Furcht übertönen. Es klang seltsam in der Stille. Seinen Zahn hatte Bissell vom Boden aufgehoben und sorgfältig in sein Taschentuch gewickelt. Jetzt steckte er beides wieder ein.

»Natürlich wollen Sie mich um die Ecke bringen«, sagte ich. »Und das paßt mir ganz und gar nicht, Sondergaard. Ich weiß nicht einmal warum. Wenn Sie zu weit gehen, garantiere ich für nichts. Dann sind am Ende Sie ein toter Mann.«

Das muß Eindruck gemacht haben, oder aber die Mündung des Smith & Wesson sprach die richtige Sprache. Jedenfalls hatte es einen Moment den Anschein, als fiele er in sich zusammen. Dann hatte er sich wieder in der Gewalt. Sein Gesicht war eine undurchdringliche Maske. Er zuckte die Achseln.

»Bitte, wenn es Ihnen Spaß macht«, sagte er. »Sterben werden Sie trotzdem.«

»Das klingt einleuchtend«, gab ich zurück und senkte den Lauf des Revolvers ein wenig. Bissell hatte ich wieder fest am Kragen. »Und wie soll es jetzt weitergehen?« erkundigte ich mich.

Sondergaard schritt weiter ins Zimmer. Er ließ sich auf einem Ledersessel nieder. Auf meinen Revolver achtete er gar nicht. Er beugte sich vor und verzog dabei ein wenig das Gesicht, als quälte ihn ein Schmerz in seinem verletzten Bein oder so etwas. Mit abgezirkelter Bewegung stellte er seinen weißen Stock neben sich.

»Wir können uns unterhalten, wenn Sie wollen«, erklärte er. »Danach sterben Sie.«

»Sie scheinen Ihrer Sache ziemlich sicher zu sein«, stellte ich fest.

Sondergaard zuckte ungeduldig die Achseln.

»Sie werden ja sehen. Ich stoße keine leeren Drohungen aus.«

»Bissell erzählte mir eben, daß Sie ein Notizbuch suchen«, sagte ich.

Das Gesicht mit der dunklen Brille wandte sich mit einem drohenden Ausdruck Bissell zu.

»Bissell redet zuviel«, erklärte Sondergaard dann gelassen.

Der Mann neben mir schien zusammenzuschrumpfen. Sein Körper hing plötzlich schwer in meiner Hand.

»Sie glauben doch nicht, daß ich mit diesem Schnüffler ...« wimmerte er.

Ich versetzte ihm einen mahnenden Rippenstoß.

»Halten Sie den Mund«, befahl ich ihm, während ich die Augen weiterhin auf Sondergaard geheftet hielt. Der machte keine Bewegung, saß ganz entspannt in seinem Ledersessel. Ich hatte den Eindruck, daß er lauschte. Ich hielt ebenfalls meine Ohren offen.

»Gewisse Dinge dürften ja wohl ziemlich klar sein«, bemerkte ich. »Cartwright hat mit Bissells Einverständnis Stadtaufträge an den Meistbietenden vergeben. Und Sie sorgten dafür, daß niemand aufmuckte.«

Sondergaard neigte seinen Kopf ganz leicht. Die schwarzen Gläser seiner Brille sahen wie die Augenhöhlen eines Totenschädels aus, als sich das Licht in ihnen fing. Er sagte nichts.

Ich schwieg ebenfalls. Bissell räusperte sich.

»Der Bürgermeister hatte das Notizbuch«, sagte er trotzig. »Er fand, Mr. Sondergaard stellte zu hohe Ansprüche.«

Der Mann mit der dunklen Brille breitete die Arme aus.

»Ich habe Unkosten«, erklärte er ausdruckslos.

»Er drohte, das Notizbuch zu Ihnen zu bringen und unsere Abmachungen zu enthüllen«, fuhr Bissell fort.

»Ach? Weshalb hätte er das denn tun sollen?« fragte ich. »Da hätte er sich ja selbst in Teufels Küche gebracht. Außerdem möchte ich wissen, ob sich der gute Mr. Sondergaard wegen eines lächerlichen Privatdetektivs große Sorgen machen würde.«

»Sie genießen einen gewissen Ruf, Mr. Faraday«, versetzte Bissell.

»Das ist Blödsinn«, wandte ich mich an Sondergaard. »Das

kaufe ich Ihnen nicht ab. Das entbehrt jeder Logik. Sie müssen sich schon etwas Besseres einfallen lassen.«

»Ich brauche gar nichts zu tun, um Ihnen gefällig zu sein, Sie Schnüffler«, gab Sondergaard zurück.

Wie Gift spie er mir die Worte ins Gesicht, und ich fühlte mich wieder an eine bösartige Schlange erinnert. In mir begann es langsam zu kochen.

»Jetzt reicht es mir aber wirklich, Sie Gangster«, fuhr ich ihn an. »Drei Sekunden gebe ich Ihnen Zeit. Wenn ich dann nicht endlich die Wahrheit zu hören bekomme, verpasse ich Ihnen eine blaue Bohne, und wenn ich dafür auf dem elektrischen Stuhl lande.«

Bissell zuckte unter meiner Hand zusammen, und selbst Sondergaard machte ein überraschtes Gesicht.

»Ich bin nicht fürs Handeln«, sagte er, »aber ich sehe, Sie haben Beschwerden vorzubringen«, sagte er.

Er griff nach seinem Spazierstock und machte Anstalten aufzustehen. Ich sah den Schatten vor dem Fenster zur gleichen Zeit. Ich hörte, wie im selben Moment das Fenster hinter mir zersprang, und ich stieß Bissell heftig zur Seite.

Flammen schossen aus Sondergaards Spazierstock, und ich spürte, wie Bissells Körper plötzlich zusammenzuckte, als er getroffen wurde. Er sank gegen mich und brachte mich ins Wanken, so daß ich nur ungenau zielen konnte. Der Smith & Wesson krachte, als ich einen überhasteten Schuß abfeuerte. Sondergaard kippte nach rückwärts über den Ledersessel. Ich wartete nicht darauf, was weiter geschehen würde, sondern sprang über den Schreibtisch und ließ mich zu Boden fallen, als eine dritte Waffe krachte.

Ich sah Bissell, der sich an den Schreibtischrand klammerte und versuchte, sich hochzuziehen. Und während er dies tat, riß plötzlich in seinem Gesicht ein Loch auf, und seine Augen erstarrten. Seine Hände fuhren in die Luft, und dann stürzte er tot zu Boden. Ich ließ Blei auf den Schatten regnen, der am Fenster vorbeihuschte, und hörte Glas splittern.

Ein großer Mann im dunkelblauen Anzug tauchte ins Zimmer und krachte gegen ein Bücherregal. Ich sprang vom Schreibtisch weg, während er sich aufrichtete. Ein dünner Holzsplitter löste sich plötzlich von einer Kommode etwa dreißig Zentimeter links von mir und sauste durch das Zimmer.

Ich ließ mich zu Boden fallen und rollte und rollte. Von Sondergaard war nichts zu hören. Ich ließ einen weiteren Schuß auf den Mann los, um ihn zu zwingen, in Deckung zu bleiben, und stürzte mich durch das zerschmetterte Fenster ins Freie. Ohne anzustoßen sauste mein Körper durch die Öffnung, die der große Bursche bei seinem blitzartigen Auftritt in die Scheibe geschlagen hatte.

Ich landete in einem Blumenbeet, rappelte mich hoch, holte tief Luft und raste zur Hausecke.

Hinter mir konnte ich die schweren Schritte des Verfolgers hören. Die beiden Schüsse, die ich abgab, klangen wie einer, so rasch hintereinander feuerte ich sie ab. Der Smith & Wesson berührte fast seinen Bauch, als er um die Ecke rannte; da konnte ich natürlich nicht danebenschießen. Flammen sprühten am Stoff seines Anzugs auf, als die Waffe seiner Hand entglitt und über den Kies rutschte. Der große Mann ächzte. Seine Augen waren schon glasig.

Ich trat von ihm weg, denn ich hatte die Schüsse in meinem Smith & Wesson verbraucht. Er sah mich gar nicht. Er torkelte blindlings über den Rasen. Schließlich prallte er gegen die Statue eines griechischen Jünglings, der eben zum Diskuswurf ausholte.

Er umschlang den Hals des tönernen Griechen mit beiden Händen und versuchte sich hochzuhieven. Die Statue schwankte auf ihrem Sockel. Einen Moment hing der Mann dort, im Todeskampf zuckend. Dann begannen die schlanken Beine des griechischen Jünglings unter dem Gewicht nachzugeben.

Die beiden Gestalten stürzten in enger Umschlingung ins Gras.

Die Statue zersprang unter den Händen des großen Mannes. Es war ein wahrhaft griechisch-römisches Ende.

Ich ging hinüber zu der Gruppe. Ich fühlte mich sehr alt und sehr müde. Behutsam drehte ich den großen Mann herum. Ich erkannte ihn.

Es war einer von Carmodys Leibwächtern. Ich schlurfte die Auffahrt hinunter wie ein Greis von achtzig Jahren. Ich kam an zwei Fahrzeugen vorüber. Meine Knie begannen zu zittern. Ich wußte, was ich jetzt als erstes zu tun hatte. Ich lud den Smith & Wesson neu. Sozusagen für den Fall, daß der Kampf noch nicht vorüber war.

Der Packard stand an der Stelle, wo ich ihn gelassen hatte.

Meine Hände zitterten, als ich mir eine Zigarette ansteckte. Nach einer Weile ließ ich den Motor an und machte mich auf den Weg. Den Smith & Wesson legte ich neben mir auf den Sitz. Als ich etwa zwei Kilometer gefahren war, lagen meine Hände wieder ruhig auf dem Steuerrad.

15

Der Rolls-Royce und mehrere andere Fahrzeuge standen in Carmodys Garage, als ich vorfuhr. Das Haus war erleuchtet, es war also damit zu rechnen, daß ich ihn antreffen würde.

Die Terrassentür stand offen, und ich ging einfach hinein. Drinnen war niemand, doch mich empfing eine Atmosphäre, die mir das Gefühl vermittelte, daß sich gleich um die Ecke, in den anderen Zimmern, alles mögliche abspielen könnte.

So etwas läßt sich schwer erklären, aber man spürt es einfach. Auch Hausangestellte waren nirgends zu sehen. Vielleicht war das ihr freier Abend. Ich durchschritt das große Foyer und eilte nach oben, leicht und geräuschlos.

Ich fühlte mich so abgespannt und erschöpft wie sonst nur, wenn ich schwerste körperliche Anstrengungen hinter mir hatte. Und doch hatte ich an diesem Abend, abgesehen von dem Sprung durch das Fenster, keinerlei Großtaten vollbracht. In einem goldgerahmten Spiegel, an dem ich vorüberkam, sah ich flüchtig mein Gesicht.

Ich schnitt mir selbst eine Grimasse. Du wirst alt, Faraday, sagte ich mir. Wenn man dreiunddreißig ist, beginnt man die Jahre zu spüren. Das sagte ich mir bei jedem Fall, den ich bearbeitete. Doch jetzt fing ich an, es zu glauben.

Ich huschte über den dicken Teppich und spähte hinein. Schränke und Schubladen waren geöffnet worden. Zwei gepackte Koffer standen auf dem Boden neben dem großen Doppelbett. Ein dritter Koffer war zur Hälfte gefüllt mit Hemden und anderen Kleidungsstücken. Hier wollte sich offenbar jemand schleunigst aus dem Staub machen.

Plötzlich hörte ich jemanden husten und fuhr herum. Im Korridor war niemand, doch ich befand mich gegenüber von der Tür zur Klause, jenem Zimmer, in das wir uns an dem Abend nach Carmodys Party zurückgezogen hatten – vor drei oder vier Jahren, so wollte mir heute scheinen. Die dünne Rauchfahne, die von einer Zigarette aufstieg, stand grau vor der weiß getünchten Wand.

Ich schritt über den Korridor und trat in das Zimmer. Es schien leer zu sein, doch dann roch ich wieder den Zigarettenrauch. Er stieg von einem der großen Ledersessel auf. Ich ging um den Sessel herum und ließ mich an dem Tisch davor nieder.

Don Carmody saß in dem Sessel, neben sich auf dem Beistelltisch ein halbvolles Whiskyglas. Er schien nicht überrascht, mich zu sehen.

Er trug einen leichten, beigefarbenen Sommeranzug, der seiner athletischen Gestalt tadellos paßte. Ein rosarotes Hemd hob seine Sonnenbräune vorteilhaft hervor. An den Füßen hatte er auf Hochglanz polierte braune Schuhe und cremefarbene Socken. Auf seinem markanten Stargesicht lag das starre Lächeln, das ich schon hundertmal zuvor auf der Leinwand gesehen hatte. Seine Augen waren blutunterlaufen, und ich vermutete, daß dies nicht sein erster Drink des Abends war. Ich war nicht einmal sicher, daß er mich erkannt hatte oder überhaupt bemerkt hatte, daß sich außer ihm noch jemand im Zimmer befand. Zwischen den Fingern seiner linken Hand hing ein heruntergebrannter Zigarillo, doch auch das schien er nicht zu merken. Daher kam der Rauch. Ich stand auf und nahm ihm den Stummel aus der Hand und drückte ihn in dem Onyx-Aschenbecher auf dem Tisch aus.

»Sie fahren weg?« fragte ich.

Don Carmody zuckte zusammen, als wäre ich eben erst hereingekommen. Ich setzte mich wieder ihm gegenüber und wartete darauf, daß er sprechen würde. Ein- oder zweimal schüttelte er den Kopf, als hätte er einen bösen Traum gehabt, und trank hastig einen Schluck aus seinem Glas. Dann stellte er es mit unsicherer Hand wieder auf den Tisch zurück.

»Faraday«, sagte er, »entschuldigen Sie, ich habe nicht gehört, was Sie sagten.«

»Das Gepäck«, erklärte ich. »Fahren Sie weg?«

Er schüttelte wieder den Kopf, als versuchte er, sich wachzuhalten. Diesmal schien es zu helfen, denn er preßte plötzlich den Mund zusammen, und ein mißtrauischer Ausdruck huschte über sein Gesicht.

»Nur ein Wochenendausflug«, erwiderte er. »Ich warte auf meine Frau.«

»Ich fürchte, den Ausflug werden Sie streichen müssen«, sagte ich. »Es hat sich verschiedenes ereignet.«

Er griff nach seinem Glas. Nachdem er getrunken hatte, sah er mich an.

»Was soll das heißen, Mr. Faraday?«

»Das soll heißen, daß wir es mit einem Mordfall zu tun haben«, erwiderte ich. »Oder erinnern Sie sich nicht mehr? Sie engagierten mich, um sich Gewißheit über die Umstände von Dwight Cartwrights Tod zu verschaffen. Ich bin gekommen, um zu berichten.«

Er richtete sich in seinem Sessel auf, und seine Gesichtszüge drückten augenblicklich Begreifen aus. Es war eine erstaunliche Wandlung. Ich hatte sie schon einmal erlebt, an dem Abend, an dem wir die Halle des Waffenklubs betreten hatten. Es war gerade so, als träte er vor eine Kamera.

»Aber natürlich, Mr. Faraday. Ich habe es nicht vergessen. Leider habe ich etwas viel getrunken. Sie müssen entschuldigen.«

»Selbstverständlich«, versetzte ich. »Aber wir haben nicht viel Zeit. Die Polizei wird bald da sein, und ich möchte verschiedene Dinge klarstellen, ehe sie auftaucht.«

Seine Augen wurden hart, und ein Ausdruck des Schreckens glitt über sein Gesicht. Über den Rand seines Glases hinweg sah er mich unverwandt an. Er stellte das Glas wieder auf den Tisch.

»Ja?«

»Bissell ist tot«, sagte ich. »Außerdem ein großer Bursche in einem dunkelblauen Anzug.«

Geräuschvoll stieß Carmody den Atem aus. Seine kräftige Gestalt in dem schweren Ledersessel schien zusammenzuschrumpfen, und für einen Moment wirkten seine Wangen eingefallen. Er sah beinahe alt aus. Dann raffte er sich auf. Sein Gesicht bekam wieder Farbe.

»Wo ist Ihre Frau?« fragte ich, ehe er etwas sagen konnte.

»Sie ist am Flughafen, Freunde wegbringen«, antwortete er schwer. »Sie kann frühestens gegen Mitternacht wieder hier sein. Wir wollten die Nacht durchfahren.«

Ich blickte auf meine Uhr. Es war Viertel vor elf.

»Dann bleibt uns eine Stunde«, stellte ich fest. »Zeit genug, um diesen Fall zu klären. Ich habe vorhin einen Mann namens Bo Sondergaard angeschossen. In Ihrem Auftrag, könnte man sagen. Da möchte ich natürlich gern wissen, wie ich das der Polizei erklären soll. Unsere Freunde und Helfer haben gern Ordnung und Klarheit in ihren Akten.

Carmodys Gesicht wurde grau.

»Sondergaard?« fragte er verwundert. »Ist er tot?«

»Das weiß ich nicht«, erwiderte ich. »Aber ich weiß, daß ich ihn getroffen habe. Er stürzte über einen Sessel und stand nicht wieder auf. Mir blieb keine Zeit, nach ihm zu sehen. Ich hatte alle Hände voll damit zu tun, dem Kugelhagel auszuweichen. Und hinterher schien mir nichts so wichtig wie zu verschwinden.«

Mein Zorn mußte mir in den Augen gestanden haben, denn Carmody lief tiefrot an. Er spülte den Rest seines Drinks hinunter und sah mich dann an, als hätte er plötzlich einen Entschluß gefaßt.

»Ich schulde Ihnen eine Erklärung, Mr. Faraday«, sagte er.

»Sie schulden mir mehr als das, Mr. Carmody«, versetzte ich. »Ich vergaß nämlich zu erwähnen, daß der Riesenkerl, den ich erschießen mußte, einer von Ihren Leibwächtern war. Ich frage mich nun, wie sich das zusammenreimt. Natürlich könnte ich raten, aber ich möchte mir lieber Ihre Erklärung anhören. Mit der Polizei muß ich auf jeden Fall sprechen, und Ihnen könnte es vielleicht dann nicht behagen, was ich ihr zu sagen habe.«

Carmody stand auf und schritt durch das Zimmer zur Bar hinter dem Bücherregal, um sein Glas aufzufüllen. Er breitete die Hände aus und wies auf das Sortiment von Flaschen.

»Ein guter Gedanke«, stellte ich fest. »Geben Sie mir einen Scotch. Ich habe ihn verdient.«

Er kam zu mir und reichte mir das Glas. Ich trank einen Schluck und stellte das Glas auf die Armlehne meines Sessels. Carmody schien immer noch außerstande, seine Stimme wiederzufinden. Ich seufzte.

»Lassen Sie mich noch deutlicher werden«, sagte ich. »Ihr persönlicher Leibwächter arbeitet nicht nur für Sie, sondern auch für Bo Sondergaard oder wird diesem von Ihnen für besondere Aufgaben zur Verfügung gestellt. Der tote Leibwächter war ein ausgesprochen gefährlicher Bursche. Es versteht sich, daß ein mißtrauischer Mensch wie ich daraus gewisse Schlüsse zieht. Sondergaard selbst gehört zu den widerlichsten Gangstern dieser schönen Stadt. Seit etwa einer Woche hat er alle Hebel in Bewegung gesetzt, um mich zu beseitigen. Das gab er selbst zu.«

Ich schlug die Beine übereinander und starrte auf meine linke Schuhspitze. Ein kühles Lüftchen wehte jetzt durch das offene Fenster herein, und Lichter schimmerten in der Dunkelheit draußen. Ich trank noch einen Schluck aus meinem Glas und fuhr fort.

»Sondergaard hat mit Bissells Einverständnis Stadtaufträge an seine Kumpel verschachert. Aber der Mann, der von Anfang an diesen Schwindel aufgezogen und organisiert hat, war nicht Bürgermeister Cartwright.«

Carmody lehnte sich in seinem Sessel zurück.

»Fahren Sie fort, Mr. Faraday. Sie sind auf dem rechten Weg«, sagte er leise.

»Ich war so dumm«, erklärte ich, »mich zu falschen Schlußfolgerungen verleiten zu lassen. Weshalb hätte der Bürgermeister plötzlich sein eigenes, lukratives Geschäft auffliegen lassen sollen? Weshalb hätte er sich mir anvertrauen wollen? Um sich selbst zu belasten? Nie im Leben.«

Ich drehte mein Glas in den Händen und lauschte dem leisen Klirren der Eiswürfel und dachte an die Menschen, die in den letzten Tagen ums Leben gekommen waren.

»Die Initialen auf dem Notizbuch lauteten D. C.«, fuhr ich fort. »Aber das bedeutete nicht Dwight Cartwright. Das Buch gehörte Don Carmody.«

Danach war es lange still. Carmody saß da, den Kopf zur Seite geneigt, und lauschte dem Wispern des Windes. Ein schwaches Lächeln lag um seinen Mund, und ich konnte wieder das Gesicht sehen, das einem Dutzend Filme das Schicksal ersparte, ein Verlustgeschäft zu werden.

»Wo ist das Buch, Mr. Faraday? Nur interessehalber.«

»An einem Ort, wo Sie es nie finden werden«, versetzte ich.

»Oh, ich will es gar nicht zurückhaben«, sagte er. »Ich bin fertig. Ich wollte Ihnen nur helfen, es richtig zu dechiffrieren.«

Er griff in seine Brusttasche und zog ein Zigarettenetui heraus. Er wählte eine Zigarre aus und legte das Etui auf den Tisch. Dann öffnete er die Schublade des Tisches und holte einen silbernen Zigarrenabschneider heraus. Ich wartete, während er die Spitze abschnitt und sich die Zigarre anzündete. Wir hatten noch immer fast eine Stunde Zeit, und ich wollte auf jeden Fall seine Version hören. Es gab noch verschiedene Lükken, die geschlossen werden mußten.

Carmody griff wieder in die Tasche, um seinen Anzünder

herauszuholen und erstarrte. Seine Hand blieb, wo sie war. Ich spürte, daß jemand das Zimmer betreten hatte. Ich spähte über Carmodys Schulter. Ein Schatten bewegte sich in einer dämmrigen Ecke, trat ins Licht.

Eine Gestalt in einem grauen Anzug legte eine Hand auf die Rückenlehne des Sofas vor mir. Eine magere Hand, die faltig und wächsern aussah. Eine Hand, von der rotes Blut tropfte. Das Gesicht schien dafür blutleer, noch weißer als zuvor. Und die Augen waren noch immer hinter der dunklen Brille verborgen. Der dunkle Fleck auf der rechten Schulter vergrößerte sich zusehends.

Die Mündung des abgesägten Gewehrlaufs sah so schwarz und drohend aus wie die Brillengläser des bleichen Mannes. Sie war auf meine Brust gerichtet.

»Ich werde Sie töten, Faraday«, sagte die metallische Stimme von Bo Sondergaard.

16

Einen Moment lang rührte sich keiner. Carmodys Gesicht sah hager und eingefallen aus. Er blickte von mir zu Sondergaard und wieder zu mir.

»Das haben Sie schon einmal gesagt, Sondergaard«, versetzte ich schließlich. »Und ich lebe immer noch.«

Der bleiche Mann umspannte mit seiner Hand fester die Rükkenlehne des Sofas. Trotz der dunklen Brille konnte ich das Brennen seiner Augen spüren.

Ehe er etwas erwidern konnte, sprang Carmody hastig auf, als hätte er Angst, Sondergaard könnte plötzlich Amok laufen. Meine Bauchmuskeln waren verkrampft. Ich mußte mich zwingen, ruhig sitzenzubleiben und Carmody die Initiative zu überlassen. Ich konnte an den Smith & Wesson nicht heran, ohne Sondergaard Gelegenheit zum Schießen zu geben, doch wenn Carmody ihn einen Moment ablenken konnte, dann hatte ich vielleicht eine Chance.

Sondergaard schwenkte scharf mit dem Gewehrlauf, und Carmody erstarrte. Der Gewehrlauf ruhte auf der Rückenlehne des Sofas. Die Finger von Sondergaards rechter Hand lagen am Abzug. Er hielt sich nur mit Hilfe seiner aufgestützten linken

Hand aufrecht. Sein Stock war zu Boden gefallen. Ich sagte mir, daß ihm nicht mehr viel Zeit zu leben bleiben konnte. Er schwankte und taumelte und das Blut quoll unaufhörlich aus seiner Wunde.

»Sie werden verbluten, Boris, wenn Ihnen nicht bald jemand hilft«, sagte Carmody. »Lassen Sie mich einen Arzt anrufen. Danach können wir reden.«

Sondergaard lachte. Es klang rauh und heiser und schien an den Wänden des Zimmers abzuprallen.

»Zum Reden ist es zu spät«, sagte er. »Keine Zeit mehr.«

Carmody kehrte wieder zum Tisch zurück. Er griff nach seiner Zigarre, die er sich nicht mehr hatte anzünden können, und blickte darauf nieder.

»Sie scheinen entschlossen zu sein«, bemerkte er zu Sondergaard gewandt.

Der bleiche Mann nickte. Er sah aus, als wäre er schon tot. Nur das Blut, das mit jedem Schlag seines Herzens aus der Wunde quoll, zeigte, daß er noch atmete. Ich spannte meine Beinmuskeln an und wartete auf meine Chance. Wenn es Carmody gelang, Sondergaard lange genug hinzuhalten, dann würde der Verletzte vielleicht am Ende einfach zusammenbrechen.

Doch weshalb sollte es Carmody kümmern, ob ich lebte oder starb? Er würde mich wahrscheinlich eigenhändig erschießen, wenn Sondergaard nicht mehr dazu kommen sollte. Er hatte jetzt nichts mehr zu verlieren.

Ja, das war es, was mich an Carmody überraschte. Er hatte alles zu gewinnen und nichts zu verlieren, wenn er mich beseitigte. Er würde nur einen Auftrag abschließen, den er Sondergaard und seiner Organisation gegeben hatte. Und doch schien ihn etwas davon abzuhalten. Vielleicht hatte er einfach von dem ganzen Schlamassel genug.

Oder vielleicht steckte noch etwas ganz anderes hinter dieser Geschichte.

Ich wollte mir noch anhören können, was er zu sagen hatte. Und das war nur möglich, wenn ich Sondergaard unschädlich machen konnte, bevor er mich tötete.

Ich blickte zu Sondergaard hinauf. Durch seine dunklen Gläser hindurch war nicht zu sehen, ob seine Augen offen oder geschlossen waren. Der Abstand zwischen ihm und mir betrug mehr als drei Meter. Das Schrot aus seiner Flinte würde mich zerlöchern, noch ehe ich einen Meter zurücklegen konnte. Ich beschloß zu bleiben, wo ich war.

»Es ist schon viel zuviel getötet worden«, sagte Carmody jetzt. Er hatte wieder sein berühmtes Stargesicht aufgesetzt, war wieder der kühle, gelassene Mann der Tat, den ich in so vielen Filmen gesehen hatte. »Es ist Zeit, die Waffen einzustekken und zu reden. Wer gibt denn hier den Ton an?«

Sondergaard schüttelte den Kopf.

»Früher waren Sie das, Carmody«, erwiderte er. »Sie waren der große Boss, der die Puppen tanzen ließ. Das ist jetzt vorbei. Jetzt bin ich an der Reihe.«

Er wandte sich wieder zu mir, und der Lauf des Gewehrs schwankte leicht.

»Das ist mein Haus«, rief Carmody scharf. »Hier nicht. Wenn Sie es tun müssen, dann anderswo.«

Sondergaard schüttelte wieder den Kopf.

»Keine Zeit.« Er holte tief Atem und taumelte vorwärts. »Stehen Sie auf«, zischte er mich an. »Ich mag niemanden umlegen, der sitzt.«

Carmody seufzte und griff in die Tasche, um seinen Anzünder herauszuholen.

Der Knall klang ohrenbetäubend, und das Zimmer war plötzlich von Rauch angefüllt. Don Carmody stand mit der blitzenden Stahlpistole in der Hand da. Sondergaards Kopf zuckte nach rückwärts. Ein dunkles Loch klaffte in seiner rechten Schläfe. Die dunkle Brille fiel herunter, als er zusammensank. Ich sprang auf. Als sich Sondergaards zuckende Finger um den Abzug des Gewehrs krümmten, warf ich mich auf den Teppich.

Der Schuß krachte, als Sondergaard hintenüber kippte, und traf die Zimmerdecke. Es regnete Staub und Verputz. Der Körper Sondergaards schlug zu Boden. Das Gewehr fiel aus seiner Hand und rutschte über den Teppich, um vor einer Kommode liegenzubleiben. Irgendwo klirrte Glas.

Ich stand langsam auf und war überrascht, noch am Leben zu sein.

Carmody lächelte. In seinen Augen blitzte ein Licht, das ich nie zuvor gesehen hatte.

»Nicht schlecht geschossen«, stellte er gelassen fest. »Trinken Sie noch einen mit mir?«

*

Ich ging zur Bar hinüber und goß mir noch einen Whisky ein. Carmody folgte mir und legte die Pistole auf die Bar. Ich rührte sie nicht an.

»Danke«, sagte ich.

Carmody lächelte wieder. Der Schatten auf seinem Gesicht lichtete sich. Er hob sein Glas.

»Sie haben mir nicht zu danken, Mr. Faraday«, erwiderte er. »Ich hätte während der letzten vierzehn Tage mehrmals an Ihrem Tod schuld sein können.«

»Das weiß ich«, entgegnete ich. »Aber Sie haben mich nicht auf dem Gewissen, und was Sie heute abend getan haben, löscht das Schuldkonto.«

Ich hob ebenfalls mein Glas und blickte mich in dem verwüsteten Zimmer um.

»Sie werden die Handwerker holen lassen müssen«, stellte ich fest.

Carmody lachte ohne Belustigung.

»Wenn das meine einzige Sorge wäre«, sagte er. »Die größten Sorgen mache ich mir um meine Frau.«

Ich ging zur Tür und schloß sie. Draußen rührte sich nichts. Ich kehrte zu Carmody zurück.

»Wo sind denn die Hausangestellten?« fragte ich.

»Die haben ihre eigenen Häuser in einem Hof hinter dem Haus«, erklärte er. »Sie sind weit genug weg, daß sie die Schüsse nicht gehört haben können. Ich mag es nicht, wenn die Angestellten bei mir im Haus schlafen. Das hat mir noch nie gepaßt.«

»Und in diesem Fall kommt das entschieden gelegen«, meinte ich. »Wollen Sie mir jetzt reinen Wein einschenken, oder soll ich weiter raten?«

Ich ging zu Sondergaard hinüber und blickte auf ihn hinunter. Auch ohne die dunkle Brille sah er reichlich scheußlich aus. Ich zog mein Taschentuch heraus und griff nach seinem Spazierstock. Er war für Kugeln vom 45-mm-Kaliber gemacht und konnte durch einen Abzugsmechanismus im Griff gefeuert werden. Vier Kugeln steckten noch im Magazin. Ich legte den Stock wieder auf den Boden, wo er hingefallen war. Das Gewehr rührte ich nicht an.

»Hübsches Spielzeug«, bemerkte ich.

Carmody nickte. »Ein Büchsenmacher in Santa Monica stellt

sie in Sonderanfertigung her«, sagte er. »Sie sind dieses Jahr in der Unterwelt der große Gag.«

»Sie müssen es ja wissen«, erwiderte ich.

Carmody zuckte die Achseln.

»Warum, wollen Sie wissen.« Er breitete weit die Arme aus. »Weiß der Himmel. Wie fangen solche Dinge an? Es begann vor Jahren. Ich hatte bei den Rennen gewettet und in den Kasinos gespielt. Ich hatte drei Häuser, die unterhalten werden wollten, fünf Autos, eine Jacht, Personal, nichts als Ausgaben an allen Ecken und Enden. Ich begann, mir von Dwight Geld zu leihen. Dann mußte ich es ihm zurückzahlen, weil er es selbst brauchte. Ich ging zu den Geldverleihern. Innerhalb von drei Jahren saß ich mit einer halben Million Dollar in der Kreide, und die Zinsen häuften sich.«

Carmody kehrte zur Sitzgruppe zurück und ließ sich auf der Armlehne eines der großen Sessel nieder.

»Dwight war ein durch und durch anständiger Mensch«, fuhr er fort. »Er hatte keine Ahnung von den dunklen Machenschaften in der Stadtverwaltung, wenn er auch gewisse Vermutungen hegte, bevor er der Wahrheit auf den Grund kam. Ich lernte Bissell durch Dwight kennen. Wir begegneten einander bei verschiedenen gesellschaftlichen Anlässen. Wir beide zogen die Sache auf. Wir beteiligten Sondergaard, weil er die Aufträge wollte. Es dauerte nicht lange, da mußten wir praktisch nach seiner Pfeife tanzen.«

»Das dachte ich mir«, bemerkte ich. »Es hat allerdings lange gedauert, bis ich dahinterkam. Die Initialen auf dem Notizbuch brachten mich auf die falsche Fährte. Wo bewahrten Sie das Buch auf?«

»Wir mußten irgendwelche Unterlagen haben«, erklärte Carmody. »Es schien eigentlich ganz ungefährlich. Doch irgendwie beschaffte Dwight sich das Buch. Eines Abends kam er fuchsteufelswild zu mir. Er erklärte, er würde alles auffliegen lassen, es wäre ihm gleich, ob ich sein Schwager sei oder nicht. Er sagte mir, er hätte das Notizbuch.«

Einen Moment verlor sich Carmody in seine Gedanken und trank einen Schluck aus seinem Glas.

»Ich versuchte, ihn zu bewegen, nicht zur Polizei zu gehen. Er versetzte, die Sache wäre ihm schon aus der Hand genommen. Er hätte sich bereits an Sie gewandt, und Sie würden alles auf Ihre Art erledigen.«

Ich blickte auf meine Schuhe hinunter. Eine der Spitzen war abgeschabt. In meinem Beruf muß man zuviel auf den Beinen sein.

»Er hat sich nie mit mir in Verbindung gesetzt«, sagte ich. »Kann sein, daß er es vorhatte. Vielleicht wurde er getötet, als er auf dem Weg zu mir war.«

Carmodys düsteres Gesicht wurde noch trüber.

»Möglich«, meinte er. »Doch das ist jetzt sowieso nebensächlich. Ich mußte Sondergaard warnen. Und der entschied, daß noch am selben Abend etwas unternommen werden mußte. Niemals hätte ich mir träumen lassen, daß er Dwight umbringen würde. Sonst wäre ich lieber selbst zur Polizei gegangen.«

Seine Augen blickten in mein Gesicht, als suchte er Verständnis. Ich konnte ihm nicht helfen.

»Sie waren schon an dem Tag verloren, als Sie und Bissell beschlossen, die Bücher zu fälschen«, sagte ich. »Ganz zu schweigen von den Menschenleben, die diese Geschichte gekostet hat.«

Carmody nickte in tiefer Verzweiflung.

»Ja, Sie haben natürlich recht, Mr. Faraday«, bestätigte er. »Es gibt keine Entschuldigung für mich. Ich bin ein labiler, willensschwacher Mensch. Ich machte mit, weil ich Geld brauchte, und ich schloß die Augen, als die scheußlichen Dinge passierten. Sondergaard hockte unten in der Gosse und erledigte die Realitäten, während Bissell und ich uns einbildeten, wir wären die großen Könner und hielten die Fäden in der Hand.

»Ich verstehe noch immer nicht, warum«, wandte ich ein. »Ihre Filme müssen Ihnen doch Millionen einspielen.«

Carmody stand unvermittelt auf und nahm sich eine neue Zigarre.

»Das ist ja das Ironische, Mr. Faraday«, sagte er leise. »An den Einspielergebnissen bin ich erst seit wenigen Jahren beteiligt. Vorher bekam ich eine feste Gage und basta. Und die reichte nicht mal dazu, die Unkosten zu decken.«

»Mir blutet das Herz«, spottete ich.

Carmody errötete. »Es hat keinen Sinn, das erklären zu wollen«, sagte er. »Das kann man keinem Menschen erklären. Nicht einmal Carlotta. Mir fällt es ja heute selbst schwer, mich zu verstehen.«

Ich sah auf meine Uhr. Die Minuten rasten.

»Jetzt müssen wir schnellstens überlegen, wie wir mit der

neuen Situation fertig werden können«, bemerkte ich. »Wir haben nicht mehr viel Zeit.«

Carmody schien verwirrt. »Ich verstehe nicht, was Sie damit sagen wollen ...«

»Ich suche nach einem Ausweg«, erklärte ich. »Wenn es einen gibt. Nicht, daß Sie ihn verdienen. Aber immerhin haben Sie mir das Leben gerettet. Zweimal. Und das bedeutet mir schon etwas.«

Ich blickte wieder hinüber zu der schlaff daliegenden Gestalt Sondergaards.

»Sie haben außerdem Los Angeles von einem der widerlichsten Schurken befreit, und indirekt haben Sie die Stadtverwaltung gesäubert, jetzt, wo Bissell das Zeitliche gesegnet hat. Und schließlich und endlich hat Ihre Frau Besseres verdient. Mit meiner Aussage werden Sie vielleicht mit einem blauen Auge davonkommen.«

Carmody sagte gar nichts. Er griff wieder nach seinem Glas und leerte es.

»Das ist großzügig von Ihnen, Mr. Faraday«, meinte er dann. »Aber ich könnte das Angebot nie annehmen.«

»Haben Sie vielleicht einen besseren Einfall?« fragte ich.

»Ich möchte jetzt gern ein Weilchen allein sein«, erwiderte Carmody. »Ich möchte einen Brief schreiben.«

»Schön«, sagte ich. »Dann warte ich unten. Aber keine Dummheiten!«

»Keine Dummheiten«, versicherte Carmody.

Zum erstenmal an diesem Abend lächelte er ein echtes Lächeln. Ich ging zur Tür und blieb nochmals stehen.

»Warum wollte Cartwright eigentlich überhaupt mit mir sprechen?« fragte ich. »Früher oder später hätte man die Sache doch der Polizei übergeben müssen.«

»Er wollte mich heraushalten«, antwortete Carmody. Er sah mich nicht an. »Er dachte, er könnte eine Vereinbarung mit Ihnen treffen und mir Sondergaard irgendwie vom Hals schaffen. Sehen Sie, ich hätte die Fehlbeträge jetzt jederzeit zurückerstatten können.«

Er wandte sich von mir ab und starrte in die Dunkelheit hinaus.

»Er war wie meine Frau«, sagte Carmody. »Ein grundanständiger und humaner Mensch. Und so mußte er enden.«

Ohne ein weiteres Wort ging ich hinaus und zog die Tür hinter mir zu. Ich stieg die Treppe hinunter und rauchte unten im Foyer eine Zigarette. Zehn Minuten später ging ich wieder hinauf. Carmody saß am Schreibtisch und klebte einen Brief zu. Er stand auf, als ich hereinkam. Es war jetzt ein Viertel vor zwölf Uhr. Gleich Mitternacht.

»Würden Sie dafür sorgen, daß meine Frau das bekommt«, sagte er und reichte mir den Umschlag.

Ich steckte ihn ein.

»Warum sprechen Sie sich nicht mit ihr aus?« fragte ich.

Er schüttelte den Kopf.

»So ist es viel leichter. Außerdem werde ich schon weit weg sein, wenn sie wieder kommt. Sie werden mich doch nicht aufhalten?«

Ich schüttelte den Kopf.

»Ich werde Sie nicht aufhalten«, sagte ich.

Carmody hatte wieder sein Filmheld-Gesicht aufgesetzt. Die Spur eines Lächelns spielte noch um seine Mundwinkel.

»Tut mir leid, Mr. Faraday, daß ich Ihnen die Aufräumungsarbeiten überlassen muß«, sagte er. »Aber das ist die Bilanz meines Lebens – ich laufe immer davon. – Sie werden doch Carlotta nicht hier herauflassen?«

»Ich bin daran gewöhnt, die Aufräumungsarbeiten zu erledigen, Mr. Carmody«, versetzte ich. »Ich werde Hilfstruppen von der Polizei und vom Rettungsdienst anfordern. Und wohin wollen Sie?«

»An einen Ort, wo mich keiner finden wird«, antwortete Carmody.

Er ging hinaus, und einen Augenblick später hörte ich ihn die Treppe hinunterlaufen. Ich schlenderte zur Bar, um mein Glas abzustellen, und da sah ich, daß die Pistole nicht mehr da lag. Ich hörte das Krachen des Schusses, als ich das Foyer erreichte.

Jetzt war meine Eile überflüssig geworden. Trotzdem rannte ich im Laufschritt auf die Terrasse hinaus. Neben der Tür fand ich den Lichtschalter und drückte ihn herunter. Im grellen Strahl der Außenscheinwerfer hastete ich in den Garten. Don Carmody trieb mit dem Gesicht nach unten im Schwimmbekken. Ein dünner, blutroter Faden stieg von seinem Körper auf und trübte das Wasser. Auf dem Grund des Beckens glitzerte die Pistole. Es mutete an wie eine Szene aus einem seiner Filme.

Schweren Schrittes kehrte ich zur Terrasse zurück und knipste die Lichter aus. Und im selben Moment hörte ich das Brummen eines Wagens, der um die Ecke des Hauses bog. Ich zog den Brief heraus und trat den langen Marsch zur Garage an. Ich wünschte, jemand anderer könnte die Aufgabe übernehmen, die auf mich wartete.

Der Tag dämmerte schon, als ich endlich die palastartige Villa der Carmodys verließ. Viele Fragen gab es noch zu klären, und McGiver schien mit meinen Auskünften nicht so zufrieden wie ich gehofft hatte. Ich fand, ich hätte recht gute Arbeit geleistet. Und der Selbstmord eines berühmten Filmstars bot sich McGiver ja nicht jeden Tag; ganz zu schweigen von den anderen Todesfällen, die noch erklärt werden mußten. Er versprach mir ein recht unnachsichtiges Verhör in seinem Büro im Präsidium.

Carlotta Carmody hatte eiserne Nerven gezeigt, das mußte man ihr lassen. Ich vermutete, daß sie ihren Mann schon seit langer Zeit verdächtigt hatte, doch ich war überzeugt, daß Carmody die Anständigkeit besessen hatte, sie aus allem herauszuhalten.

Ich dachte an ihre verschleierte Warnung vor dem Zwischenfall mit dem Chevrolet. Auch dafür hatte ich Carmody zu danken gehabt. Er war ein komplizierter Mensch gewesen. Zweimal hatte er mir das Leben gerettet, einmal, weil es ihm gerade paßte, das andere Mal, weil das Spiel aus war.

Doch solange noch die Chance bestanden hatte, das Spiel zu gewinnen, hatte er mit Sondergaard gemeinsame Sache gemacht. Dabei hätte er nur seine persönlichen Ausgaben herabzusetzen, seine Spielleidenschaft zu zügeln brauchen, um Sondergaards Klauen zu entkommen, um wieder ein wohlhabender Mann zu werden.

Ich steckte mir eine Zigarette an und steuerte den Packard auf die Bergstraße, die mir so vertraut geworden war.

In aller Frühe traf ich in Morton Glade ein. Die Stadt begann gerade erst zu erwachen. Der Mann im weißen Overall sah den Wagen nur flüchtig nach. Solange die vier Räder noch vorhanden waren, schien ihm alles andere gleichgültig zu sein.

»Sie können ihn aber noch zwei Tage behalten, Mister«, sagte er. »Preisnachlaß gibt es bei uns nicht.«

»Das macht nichts«, versetzte ich. »Der Schlitten hat mir gute Dienste geleistet.«

Durch die Ausstellungsräume marschierte ich hinaus auf die Straße und setzte mich ins nächste Restaurant, um mir ein kräftiges Frühstück zu genehmigen. Ich trank drei Tassen starken Kaffee, um meine Lebensgeister wieder aufzumöbeln, und führte mir eine Riesenportion Spiegelei mit Schinken zu Gemüte. Es befand sich ungefähr ein Dutzend Gäste im Saal und ich suchte mir einen kleinen Tisch am Fenster und sah zu, wie die Blumen in den Töpfen am Straßenrand unter dem allmählich wärmer werdenden Strahl der Morgensonne die Köpfe senkten und verschmachteten.

Nachdem ich mich gestärkt und in aller Ruhe noch eine Zigarette geraucht hatte, zahlte ich und trat wieder auf die Straße hinaus. Durch den Sonnenschein spazierte ich zu der Hochgarage, wo ich meinen Buick abgestellt hatte. Ich fuhr mit dem Aufzug in die Höhe, setzte mich in mein altvertrautes Vehikel und rollte gemächlich wieder in die Tiefe. An der Kasse zahlte ich die Nachgebühr und fuhr aus Morton Glade hinaus. Ich steuerte den Wagen auf die Straße zum Pine Lake.

Es war fast fünf Uhr, als ich Pine Ridge erreichte. Ich folgte dem Zickzack der Straße durch das Dorf und stellte fest, daß der Buick weit weniger gut in den Kurven lag als der Packard. Ich kam zu dem Entschluß, mir bald einen neuen Wagen zu leisten. Stella hatte schon seit längerer Zeit immer wieder durchblicken lassen, daß es dafür höchste Zeit wäre.

Vor dem Drugstore hielt ich an und versuchte Los Angeles anzurufen, aber in meinem Büro meldete sich niemand mehr. Nun, das spielte keine Rolle. Spätestens am folgenden Tag würde ich meine Zelte wieder in der Stadt aufschlagen. Ich trank noch rasch eine Tasse Kaffee im Drugstore und setzte mich dann wieder hinter das Steuer.

Der Wind hatte sich gelegt, und die Segelboote auf dem See krochen müde dahin. Kein Wölkchen stand am Himmel, und das gegenüberliegende Seeufer, die fernen Berge und die Bäume hoben sich scharf gezeichnet vom Horizont ab. Ich hielt den Buick auf dem Asphalt vor der Garage an und stieg aus.

Ich ging ins Haus, sah meine Sachen nach und öffnete die Fenster, um frische Luft hereinzulassen. Dann schloß ich wieder ab und schritt die Straße am See hinunter. Ich begegnete keinem Menschen. Nur hin und wieder schallten Musikfetzen aus den Radios der umliegenden Häuser zu mir herüber. Ich wanderte den gepflasterten Weg entlang, der sich durch den terrassenförmig angelegten Garten wand, und überquerte den kleinen Bach mit den romantischen Wasserfällen.

Ich ging zur Haustür und drückte die Klinke herunter. Doch die Tür war abgeschlossen. Ich marschierte um das Haus herum zur Garage und spähte durch die Milchglasscheibe auf der Seite. Drinnen stand ein Wagen. Ich runzelte ratlos die Stirn und überlegte. Dann schritt ich den Pfad hinter dem Haus hinunter und stellte fest, daß ich hier am Hang die Holzpfeiler erreichen konnte, die den freitragenden Balkon stützten. Ich zog mich hoch, fand einen Halt für meine Füße und schwang mich über das Geländer. Erst als ich oben war, fiel mir ein, daß es am anderen Ende auch eine Treppe gab. Ich zuckte die Achseln, trotzdem war ich froh, daß mich niemand beobachtet hatte.

Die Balkontür stand offen, um die Sonne hereinzulassen. Ich ging in das große, helle Zimmer. Julie Nordstrom saß mit dem Rücken zu mir. Sie hörte meine Schritte auf dem weichen Teppich nicht. Sie trug einen roséfarbenen Hosenanzug und um die Taille einen losen goldenen Gliedergürtel, der in der Sonne blitzte. Auf dem Boden neben ihr standen zwei helle Koffer, und ein dazu passender Kosmetikkoffer lag offen auf dem Sofa, auf dem sie saß. Sie kramte gerade in dem Köfferchen, als ich eintrat.

Sie blickte auf, als mein Schatten auf den Teppich fiel, und stieß einen erstickten Schrei aus. Dann lag sie in meinen Armen, und ich spürte ihre Tränen auf meinem Gesicht.

»Mit der Rückkehr ins Rathaus hat es keine Eile«, sagte ich ruhig. »Bissell ist tot. Sondergaard ebenfalls. Und Carmody auch«, erklärte ich nicht gerade behutsam.

Sie wich langsam zurück und löste sich aus meinen Armen.

»Ich weiß«, sagte sie. »Die Nachricht von Dons Tod habe ich heute nachmittag im Radio gehört.«

Sie hatte offensichtlich geweint.

»Und jetzt kannst du mir endlich die Wahrheit sagen«, meinte ich.

Sie schluckte ein paarmal und wischte sich mit dem Taschentuch die Augen. Dann setzte sie sich wieder aufs Sofa.

»Du weißt es?«

Ich nickte. »Das meiste, wenn auch nicht alles. Den Rest würde ich gern von dir hören, Julie. Nur um meine Neugier zu befriedigen.«

Sie steckte das Taschentuch in ihr Kosmetikköfferchen und

griff nach einer goldenen Zigarettendose. Sie steckte sich zwei Zigaretten zwischen die Lippen und zündete sie an. Eine davon reichte sie mir.

»Wirst du mich der Polizei übergeben?« fragte sie bedrückt.

»Das kommt darauf an, was du getan hast, Julie«, erwiderte ich. »Wir werden sehen.«

»Es spielt nun sowieso keine Rolle mehr«, sagte sie, »jetzt wo Don tot ist.«

Die Sonne, die durch die großen Fenster floß, schimmerte auf ihrem blonden Haar. Sie hatte es heute nicht zum Pferdeschwanz gebunden und sie sah mit den offenen Haaren ganz anders aus.

»Ich habe Don Carmody geliebt«, sagte sie. »Ich vermute, das weißt du inzwischen. Da er ja der Schwager des Bürgermeisters war, tauchte er des öfteren im Rathaus auf. Das war natürlich schon vor langer Zeit, noch ehe ich dort arbeitete. Er war mit Mr. Bissell befreundet. Ich hatte den Bürgermeister gern. Er lud mich verschiedentlich zu gesellschaftlichen Veranstaltungen ein, und irgendwann traf ich Don. Er führte mich ein paarmal aus, und ich verliebte mich natürlich prompt ihn ihn.«

Ich sagte nichts, wartete nur, daß sie fortfahren würde. Julie zog an ihrer Zigarette und blickte mich durch die Rauchschleier an.

»Ich wußte, daß bei der Verwaltung der städtischen Gelder nicht alles in Ordnung war, aber es ging mich nichts an. Bissell befahl mir, den Mund zu halten. Und für Don hätte ich so ziemlich alles getan.«

»Und wie steht es mit Mrs. Carmody?« fragte ich. »Sie ist eine ausgesprochen sympathische Frau.«

Julie Nordstrom errötete. Sie schlug die Augen nieder.

»Ich weiß«, gestand sie. »Ich bin ihr ein paarmal begegnet, aber ich war natürlich überrascht, als sie mich vor einigen Wochen plötzlich anrief. Sie bat mich darum, sie in einem Restaurant in der Stadt zu treffen. Ich hatte Angst vor der Begegnung, weil ich dachte, sie wollte mit mir über Don sprechen. Statt dessen gab sie mir ein Notizbuch.«

Ich drückte meine Zigarette in dem Aschenbecher auf dem Tisch aus und steckte mir eine neue an. Ich maß Julie Nordstrom mit einem forschenden Blick.

»Was war das für ein Buch?« fragte ich.

»Das weißt du ganz genau«, versetzte Julie und blickte wieder zu mir auf. »Es enthielt Aufzeichnungen über die Schmiergelder, die für städtische Aufträge bezahlt worden waren. Es gehörte dem Bürgermeister. Mrs. Carmody hatte es im Schreibtisch ihres Mannes gefunden. Sie hatte Angst, Don würde irgend etwas gegen ihren Bruder unternehmen. Was, das wußte sie selbst nicht. Sie bat mich, das Notizbuch aufzubewahren für den Fall, daß es zu einem Skandal kommen sollte.«

Ich blies Rauch zur Decke. Jetzt war das Puzzle fast vollständig.

»Es war eine gräßliche Situation«, fuhr das Mädchen fort. »Zwei Abende später kam Don zu mir. Er konnte zwar nicht direkt mit der Tür ins Haus fallen, aber er erklärte mir, daß ein wichtiges Dokument gestohlen worden wäre. Er müßte jetzt dringend mit dem Bürgermeister reinen Tisch machen. Er bat mich, für ihn einen Termin zu vereinbaren. Ich war wahrscheinlich verrückt, aber ich hatte den Bürgermeister wirklich gern, und schließlich waren er und Don ja verwandt. Ich verabredete ein privates Zusammentreffen mit Mr. Cartwright, am Abend bevor er mit Don zusammenkommen sollte, und zeigte ihm das Notizbuch. Er war vollkommen fertig.«

»Wie wirkte er denn auf dich?« fragte ich.

»Eher verstört als wütend«, erwiderte Julie. »Er fragte mich, warum ich ihn warnen wollte, und ich sagte, ich hätte ihn gern und dächte auch an die Carmodys. Er bat mich, die ganze Sache noch ein paar Tage geheimzuhalten und das Buch weiterhin zu verwahren. Er versprach mir, Don von unserer Beziehung nichts zu sagen. Ich glaube nicht, daß er von unserer Beziehung etwas wußte. Dazu war er ein viel zu konventioneller Mensch.«

Julie Nordstrom brach ab. Sie drückte ihre Zigarette aus und stand auf. Sie wanderte hinaus auf den Balkon und blickte zum See hinunter. Ich folgte ihr. Vogelgezwitscher kam aus den Bäumen um uns herum. In der Ferne hörten wir das Plätschern der Ruder eines Bootes, das um die Landzunge herumkam.

Julie drehte sich um und sah mich an. Sie lehnte sich an das Teakholzgeländer.

»Am folgenden Tag«, berichtete sie weiter, »erhielt ich einen Anruf von Don. Er wollte mich bei der Zusammenkunft mit dem Bürgermeister dabeihaben. Er sagte, er würde mich in meiner Wohnung abholen. Ich wußte nicht, ob der Bürgermeister ihm etwas von mir erzählt hatte oder nicht. Ich hatte Angst, aber ich erklärte mich bereit mitzukommen. Ich steckte das Notizbuch in meine Handtasche, als ich die Wohnung verließ. Ich weiß selbst nicht, warum ich das tat.«

»Vielleicht, um es als Hebel anzusetzen, wenn etwas schiefging?« meinte ich.

»Vielleicht.« Das Mädchen schluckte. »Ich kann es nicht sagen. Vor dem Haus stand ein großer, schwarzer Wagen. Don kam herein, um mich zu holen. Ein riesenhafter Mann saß am Steuer, und wir saßen zu viert hinten. Don und ich, der Bürgermeister und ein schrecklicher Mensch mit einer dunklen Brille. Er bedrohte den Bürgermeister mit einem Revolver.«

»Bo Sondergaard«, warf ich ein. »Don hat ihn gestern abend getötet.«

Das Mädchen starrte mich aus weit aufgerissenen Augen an.

»Dann gibt es doch so etwas wie Gerechtigkeit, Mike«, sagte sie. »Wir fuhren zu einer gottverlassenen Stelle an der Küste«, fuhr sie fort. »Don befahl mir auszusteigen und wegzugehen. Ich hörte die Männer streiten, und dann hörte ich einen Schuß. Ich rannte zurück, der Bürgermeister war tot. Ich muß mich vollkommen hysterisch aufgeführt haben, aber Sondergaard schlug mir so brutal ins Gesicht, daß ich sehr schnell zu mir kam. Don sagte, ich sollte tun, was sie mir befahlen, sonst würde es uns allen an den Kragen gehen.«

»Was dann kommt, weiß ich«, fiel ich ein. »Du bist zu mir gefahren.«

Das Mädchen nickte. »Don sprach ganz offen. Er erwähnte deinen Namen und sagte, du wärst den Korruptionsgeschäften bereits auf der Spur. Sie wollten dich beseitigen, und Sondergaard schlug vor, dir außerdem den Mord am Bürgermeister in die Schuhe zu schieben.«

»Und als sie dann die Leiche in meinen Buick setzten«, sagte ich, »da hast du das Buch in den Spalt zwischen den Polstern auf dem Rücksitz gesteckt.«

»Du bist doch ein ganz guter Detektiv, Mike«, stellte das Mädchen fest.

Sie sah jetzt etwas besser aus. »Ich dachte , das wäre das mindeste, was ich für Mr. Cartwright tun könnte, und wenn du dann die richtigen Schlüsse ziehen würdest, dann würdest du von selbst auf Sondergaard kommen, ohne mich in die Sache hineinzuziehen.«

»Aber du hattest Carmody vergessen«, bemerkte ich.

Julie Nordstrom schüttelte den Kopf. Hinter ihr verblaßte die Sonne allmählich und ein kühler Wind fuhr durch die Wipfel der Föhren.

»Er befand sich in der gleichen Situation wie ich«, sagte Julie. »Er wollte seinem Schwager helfen. Es war nicht seine Schuld, daß der Bürgermeister sich mit Gangstern wie Sondergaard eingelassen hatte.«

»Du täuschst dich, Julie«, widersprach ich. »Don war derjenige, der sich auf das schmutzige Geschäft eingelassen hatte. Du machst den gleichen Fehler, den ich anfangs gemacht habe. Das Notizbuch gehörte Don Carmody.«

Julie Nordstrom starrte mich wortlos an. Alle Farbe war aus ihrem Gesicht gewichen.

»Das glaube ich nicht«, sagte sie schließlich, und ihre Stimme zitterte.

»Doch, Julie, natürlich glaubst du es«, versetzte ich. »Und du hast es schon seit längerer Zeit vermutet. Du wolltest es nur nicht glauben.«

Ich marschierte den Balkon hinauf und wieder hinunter, um ihr Gelegenheit zu geben, sich zu fassen.

»Ich bin angeblich ein routinierter Privatdetektiv«, begann ich dann, »aber auch ich habe die Wahrheit nicht gleich erkannt. D. C. bedeutete für mich schlicht und einfach Dwight Cartwright. Warum bist du mir hier herauf gefolgt?«

Julie Nordstrom drehte sich wieder um und blickte auf den See hinaus.

»Am folgenden Nachmittag rief Don mich an«, berichtete sie. »Er sagte mir, daß du nach Pine Ridge hinauf wolltest und bat mich, sofort hierher zu fahren. Ich fand ein freies Haus in der Nähe von Dexters Anwesen und zog hier ungefähr eine Stunde vor deiner Ankunft ein. Don meinte, ich sollte dich im Auge behalten und feststellen, ob du das Notizbuch hättest.«

»Du wußtest doch ganz genau, daß ich es hatte«, warf ich ein. »War dein Spiel nicht ein bißchen sehr riskant?«

»Ich hatte doch keine Wahl«, erwiderte Julie. »Ich war wahrscheinlich so eine Art Doppelagentin. Aber Don wollte ja nur dafür sorgen, daß du Sondergaard nicht in die Arme liefst. Ich könnte schwören, daß er dir keinen Schaden antun wollte.«

»Das würde ich dir gern glauben«, sagte ich.

Das Mädchen drehte sich um und sah mich an.

»Bist du durch mich zu Schaden gekommen?« fragte sie leise. »Hat irgend jemand erfahren, daß du hier bist?«

»Soviel ich weiß, nicht, Julie«, antwortete ich. »Aber was beweist das schon?«

»Es beweist, daß ich recht habe«, versetzte sie.

»Woher wußte Carmody eigentlich, daß ich mich in Dexters Haus aufhalte?« fragte ich.

»Weil Dexter Don anrief, um zu fragen, ob er in den Waffenklub ginge, und da ergab sich das im Gespräch«, erklärte mir Julie.

»Nun, das kam ja sehr gelegen«, stellte ich fest.

Zwei kleine rote Flecken brannten auf den Wangen des Mädchens.

»Du verdächtigst jeden«, sagte sie.

»Das gehört zu meinem Beruf«, erklärte ich. »Und wenn auf dich eine Treibjagd veranstaltet worden wäre, wie sie auf mich veranstaltet worden ist, dann würdest du auch so schnell keinem Menschen mehr trauen.«

Das Mädchen trat zu mir und legte seine Hände auf meine Schultern. Ich konnte den Duft ihres Haares riechen, als sie ihr Gesicht an meine Wange legte.

»Glaub, was du willst, Mike«, sagte sie, »aber ich wollte dir nichts Böses und ich habe dir auch nichts Böses getan. Und ich bin überzeugt davon, daß Don zu dem, was er tat, gezwungen worden ist.«

»Natürlich«, versetzte ich, »die nerzverbrämte Notwendigkeit zwang ihn dazu.«

Noch etwas fiel mir ein.

»Wo hast du dir eigentlich den alten Knaben organisiert?« fragte ich. »Der, der deinen Großvater gespielt hat?«

In den Augen des Mädchens blitzte es belustigt auf.

»Der war doch gut, nicht wahr? Don hat ihn bei der Filmbörse aufgelesen. Wir erklärten ihm, wir wollten einem Freund einen Streich spielen. Aber wie bist du überhaupt dahinter gekommen, daß er nicht echt war?«

»Gunnar Wallstrand ist letztes Jahr gestorben«, sagte ich. »Mir fiel ein, daß ich das irgendwann gelesen hatte, als ich nach dem Frühstück von hier wegging.«

Das Mädchen trat von mir weg und lehnte sich wieder an das Geländer.

»Und was machst du jetzt mit mir, Mike?« fragte sie.

»Nichts«, antwortete ich. »Du hast deine Lektion bekommen. Du hast dich lediglich der Mitwisserschaft bei Korruptionsgeschäften der Stadtverwaltung schuldig gemacht und wurdest Zeugin wider Willen bei einem Mord.«

Julie Nordstrom schlang mir die Arme um den Hals und küßte mich. Es war kein langer Kuß, aber ich fühlte ihn bis zu meinen Zehenspitzen hinunter.

»Werden wir uns in Los Angeles wiedersehen, Mike?« fragte sie und biß mich sacht ins Ohrläppchen.

»Möglich«, erwiderte ich. »Du scheinst ja deine Liebhaber ziemlich leicht zu vergessen. Selbst wenn sie noch am Leben sind.«

»Sei nicht so ekelhaft, Mike«, sagte das Mädchen gelassen. »Ich genieße eben das Leben und nehme mir, was ich haben will. Glaubst du vielleicht, daß Don Carmody nicht in fremde Betten gehüpft ist, wenn er nicht mit mir zusammen war?«

»Entschuldige, mein Schatz«, sagte ich. »Wir sehen uns bald.«

So unrecht hatte sie nicht. Ich ließ sie auf dem Balkon stehen und ging davon. Ich dachte an Carmody und an all die Leute, die glaubten, die Fäden in der Hand zu halten und gar nicht wußten, was sie damit anfangen sollten.

Ich ergötzte mich zum letztenmal an Sammy Dexters Bar und packte gerade meine Sachen, als ich ihren Wagen auf der Seestraße vorbeibrausen hörte.

Eine halbe Stunde später schloß ich das Haus ab, brachte den Schlüssel zu Pop Martin zurück und lenkte den Buick in Richtung Heimat.

17

Ich saß am Schreibtisch und malte Männchen auf meinen Block und bewunderte abwechselnd die Sprünge in der Decke, während Stella ihre Notizen überflog. Ich hatte fast eine Stunde ununterbrochen geredet, und Stella hatte Seite um Seite mitgeschrieben. Nach einer Weile blickte sie auf.

»Kaffee?« fragte sie.

»Großartig«, sagte ich. »Danach habe ich dann wieder genügend Kraft, das nächste Kapitel zu diktieren.«

Sie zog eine kleine Schnute und stand auf, um in die Kochnische hinüberzugehen. Sie hatte ein blaues Kleid mit großen, weißen Punkten an, das genau die Länge hatte, die man gerade noch als Mini bezeichnen konnte. Komischerweise fand ich das aufregender als sämtliche höher geschürzten Röcke, die ich zur Genüge sah. In ihrem blonden Haar blitzte das Licht der Nachmittagssonne.

»McGiver hat vor dem Mittagessen angerufen«, erinnerte sie mich. »Er wollte noch einmal bestätigen, daß der Termin in seinem Büro für morgen nachmittag um drei Uhr angesetzt ist.«

»Als ob du mich daran erinnern müßtest«, sagte ich. »Er wird wahrscheinlich in aller Öffentlichkeit auf dem Rathausplatz meine Zulassung verbrennen.«

Stella klapperte ungeduldig mit den Tassen. Ein angenehmer Duft zog aus der Kochnische ins Büro.

»Das hättest du verdient«, stellte sie entschieden fest. »Jammere mir jetzt bloß nicht etwas vor.«

»Jammere ich denn jemals?« fragte ich.

Stella streckte den Kopf ins Büro.

»Ich habe so etwas gehört«, erklärte sie. »Aber so schlimm wäre es gar nicht, wenn er deine Zulassung verbrennen würde. Du könntest dir zum Beispiel draußen bei Salinas eine Hühnerfarm kaufen und endlich ein geordnetes Leben anfangen.«

Ich schauderte. »Und womit soll ich mich beschäftigen?«

»Ach, da gibt es alles mögliche«, antwortete Stella ganz gelassen. »Es ist auf jeden Fall besser, als sich von sämtlichen Gangstern der Stadt als Schießscheibe benutzen zu lassen.«

»Ja, aber nicht so aufregend«, entgegnete ich.

Stella setzte sich vor meinen Schreibtisch. Ich starrte auf ihr wohlgeformtes Bein, das munter auf und nieder schwang.

»Ich könnte es aufregend machen, Mike«, sagte Stella.

»Zweifellos, mein Kind«, versetzte ich und stand abrupt auf. Ich hörte Stella kichern, als ich zu ihrem Schreibtisch hinüberging und den ›Examiner‹ zur Hand nahm. Dann kehrte ich an meinen Platz zurück, und sie stellte den Kaffee vor mich hin. Genüßlich trank ich.

»Eine Hühnerfarm«, sagte ich. »Kannst du dir das vorstellen? Der gute Conan Doyle hat Sherlock Holmes auf seine alten Tage auf eine Hühnerfarm in Sussex versetzt. Damit hat er einen kapitalen Bock geschossen, glaube ich jedenfalls. Das war dem Image Holmes niemals zuträglich.«

»Wir sprechen jetzt nicht von Holmes«, erklärte Stella ungeduldig, »sondern wir sprechen von dir. Das ist ein himmelweiter Unterschied.«

»Schon recht«, versetzte ich. »Aber ich schlage vor, wir verschieben dieses Gespräch auf einen späteren Zeitpunkt.«

Stella lachte und führte langsam die Tasse zum Mund. Ihre Augen senkten sich wieder auf ihre Notizen, während sie trank. Ich überflog die Schlagzeilen im ›Examiner‹ und seufzte. Man versprach der verehrten Leserschaft für den nächsten Tag eine sechsseitige Bildbeilage über Carmodys Karriere. Die mußte ich auch sehen.

»Du, Mike«, sagte Stella, »mir scheint, hier paßt etwas nicht ganz.«

»Wieso?« fragte ich.

»Sammy Dexter«, erklärte sie. »Glaubst du, daß er Carmody wirklich nur zufällig von deinem Ausflug nach Pine Ridge erzählt hat?«

Ich blickte stirnrunzelnd auf Don Carmodys Notizbuch, das vor mir auf dem Schreibtisch lag. Es war in braunes Packpapier gewickelt und in großen Druckbuchstaben an McGiver adressiert. Auf diese Weise würden sich weitere Komplikationen vermeiden lassen.

»Darüber habe ich auch schon nachgedacht«, sagte ich zu Stella, »und bin zu dem Schluß gekommen, daß es wirklich Zufall war.«

Ich trank meinen Kaffee und starrte in den Zigarettenrauch, der in losen Spiralen zur Decke aufstieg. Es war heiß. Die Klimaanlage in unserem Haus hatte wieder einmal ihren Geist aufgegeben. Stella blätterte wieder in ihrem Block. Sie beugte sich zu mir.

»Und da ist noch etwas, was mir nicht ganz einleuchten will, Mike«, sagte Sie. »Carmody hat Sondergaard am Schluß getötet. Das kann ich verstehen. Aber weshalb tötete er Sondergaards Killer im Waffenklub? Das ist doch unlogisch.«

»Ja, darüber habe ich mir auch den Kopf zerbrochen«, erwiderte ich. »Aus zwei Gründen eigentlich. Er hatte Angst, daß der Bursche reden würde, wenn er ihn am Leben ließ. Und damit hätte er in der Patsche gesessen. Außerdem mußte er schnell handeln, denn Sammy Dexter war ja bei ihm. Er mußte mir schnell zu Hilfe kommen, sonst hätte Sammy Verdacht geschöpft.«

Stella machte eine gespielte ehrfürchtige Verbeugung.

»Du bist doch ein brillanter Bursche, Mike«, sagte sie ganz ohne Bewunderung. »Erinnere mich daran, daß ich das in unseren Broschüren erwähne.«

»Unsere Klienten bekommen wir durch das, was wir in den Broschüren nicht erwähnen«, versetzte ich. »Und das wiederum ermöglicht es uns, in dieser luxuriösen Umgebung zu arbeiten.«

Ich starrte wieder zu den Sprüngen in der Decke hinauf und dachte daran, daß jetzt, wo Carmody tot war, wohl niemand mein Honorar bezahlen würde.

Da läutete das Telefon. Stella reichte mir den Hörer.

»Mr. Faraday?« Die Stimme kam mir bekannt vor, sie klang betörend. »Hier spricht Gloria van den Bergh. Wir haben uns kürzlich abends bei den Carmodys kennengelernt, erinnern Sie sich? Bevor diese scheußliche Sache passierte. Ich hätte gern aus erster Hand über den Fall gehört. Haben Sie Zeit und Lust, heute abend zu mir zu kommen?«

»Das ist großartig, Miss van den Bergh«, sagte ich. »Mit dieser Geschichte müssen wir uns selbstverständlich sehr ausführlich befassen.«

»Das kann ich mir vorstellen«, sagte Stella, als ich das Gespräch beendet hatte.

Sie legte ihren Block auf ihren Schreibmaschinentisch und setzte sich an die Maschine.

Ich blieb an meinem Schreibtisch sitzen, trank langsam meinen Kaffee aus, lauschte dem Hämmern der Maschine, starrte wieder auf die Sprünge in der Decke, ohne sie richtig zu sehen. Ich mußte an Don Carmody und all die Menschen denken, die ins Leichenschauhaus gewandert waren, nur weil sie ihre Hände nicht von Frauen, grünen Tischen und Wettscheinen hatten lassen können.

Wieder läutete das Telefon. Stella gab das Gespräch an mich weiter.

»Mein Name ist Giorgio de Campari«, sagte eine erregte Stimme. »Meine Frau ist verschwunden, und Sie müssen sie wiederfinden.«

»Natürlich, Mr. Campari«, erwiderte ich, »dazu sind wir ja da.«

ENDE

Die roten Goldmann KRIMI

Richard T. Bickers
Futter für den Hai
192 Seiten. Band 3248. DM 3.–

Eigentlich wollte Flugkapitän Paul Torrence in Südafrika mit seiner Verlobten Ferien machen. Er startet – und gerät in einen Wirbel von Gefahren und Verbrechen . . . Mord, Diamantenschmuggel und Menschenraub auf einer Insel vor Südafrika.

Frances Keinzley
Der Mörder läßt bitten
176 Seiten. Band 3252. DM 3.–

Neuseeland. Sieben angesehene Bürger treffen sich in einem einsamen Berghaus. Keiner will es zugeben, aber sie wurden von einem Erpresser dorthin befohlen. Welches Geheimnis verbindet die sieben? Es dauert nicht lange, dann fragen sich sechs: Wer war der Mörder?

Helen Nielsen
Mord ist ansteckend
192 Seiten. Band 3253. DM 3.–

Der dritte Mord in drei Tagen. Für eine Stadt wie San Diego keine Sensation, aber Rechtsanwalt Simon Drake ahnt gewisse Zusammenhänge. Drake muß sehr behutsam vorgehen, denn seine Freundin scheint in den Fall verwickelt. Und dann geschieht ein vierter Mord.

WILHELM GOLDMANN VERLAG MÜNCHEN

Die roten Goldmann KRIMI

Paul Kruger
Ein Sarg nach Maß
192 Seiten. Band 3254. DM 3.–

Sie lag am Boden. Tot. Neben dem Holzscheit, mit dem man sie erschlagen hatte. Der Fall wird immer verwirrender für Rechtsanwalt Phil Kramer. Denn es bleibt nicht bei dem einen Mord.
›Ein erstklassiger Autor – ein neues Talent auf dem Gebiet des Kriminalromans‹, urteilt die Presse.

Ben Healey
Gefährlicher Schnee
192 Seiten. Band 3256. DM 3.–

Auf die Villa Cevedala sind die Einwohner von Sulden besonders stolz: Kinder können dort dank des menschenfreundlichen Dr. Kleber kostenlos Skiferien machen. Das Haus in Südtirol interessiert aber nicht nur Amateurdetektiv Paul Hedley, sondern auch den britischen Geheimdienst.

Douglas Rutherford
Das Rennen ist gelaufen
192 Seiten. Band 3258. DM 3.–

Von seinem Sieg auf dem Nürburgring hängt das Schicksal der ›Crawford Motors‹ ab. Es ist seine letzte Chance, das weiß der Rennfahrer Patrick Crawford ganz genau. Was er nicht weiß: Er hat einen Gegner, der schon einmal gemordet hat …

WILHELM GOLDMANN VERLAG MÜNCHEN

Victor Canning
Rivalen am Riff
160 Seiten. Band 3267. DM 3.–

Zwei erbitterte Feinde stehen sich in einem schier aussichtslosen ›kalten Krieg‹ gegenüber: Casares Manasco will alle Träume von Nick Thorne in Scherben schlagen. Zwischen beiden steht eine leidenschaftliche Frau, der Funke unterm Pulverfaß. Schauplatz: Mallorca

---

Lovat Marshall
Vier Fuß unterm Apfelbaum
160 Seiten. Band 3270. DM 3.–

Lew Archer steht nicht zum erstenmal vor Gericht. Doch Privatdetektiv Sugar Kane glaubt nicht an die Schuld des Angeklagten. Aber er braucht Beweise – und die kann ihm nur der wahre Mörder liefern . . .
Der Roman spielt in London.

Jay Barbette
Zwischen den Zeilen
160 Seiten. Band 3277. DM 3.–

Einen Doppelgänger zu haben, ist schon unangenehm genug. Aber der Unbekannte will außer dem Leben des Börsenmaklers John Brainerd auch noch seine Frau und sein Vermögen. Erst als Brainerd einem zweiten Mordanschlag entgangen ist, weiß er, wo er ansetzen muß . . .

Die roten Goldmann KRIMI

Joan Fleming
Man töte dieses Weib!
176 Seiten. Band 3278. DM 3.–

Sie saß in einem Boulevardcafé in Paris und zeigte ihre hübschen Beine ...
Der Mann mit dem Regenschirm nahm den Köder an – und die Falle schnappte zu.
Es war Mord, was sie von ihm verlangte. Und sie war daran gewöhnt, daß sie bekam, was sie wollte ...

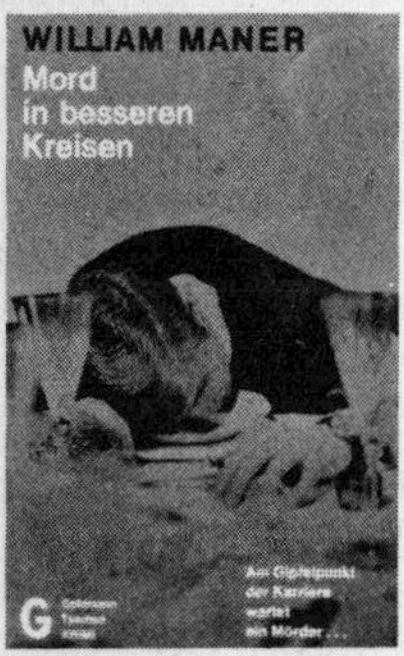

William Maner
Mord in besseren Kreisen
192 Seiten. Band 3279. DM 3.–

Luke Sampson, der Emporkömmling, bewahrte die angesehene Baker-Familie vor dem Ruin. Trotzdem ist er den Bakers nicht gut genug. Das findet auch seine Frau, eine geborene Baker. Am Gipfelpunkt seiner Karriere wartet ein Mörder.
Der Roman spielt in Bakersville, USA.

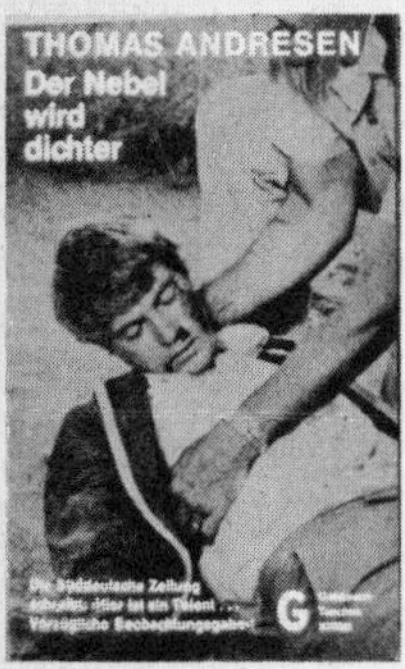

Thomas Andresen
Der Nebel wird dichter
160 Seiten. Band 3282. DM 3.–

Ein riesiger Schatten tauchte im Nebel auf. Peter Brockmann duckte sich hinter den Grabstein.
Würde der Schatten das Geldpäckchen aus der steinernen Vase herausholen?
Der Kies knirschte, eine Hand, durch den Nebel ins Gespenstische vergrößert, griff nach oben — Peter Brockmann schoß ...

WILHELM GOLDMANN VERLAG MÜNCHEN

Die roten Goldmann KRIMI

Youngman Carter
Trick 17
160 Seiten. Band 3283. DM 3.–

Ein klassischer englischer Kriminalroman mit dem berühmten Privatdetektiv Albert Campion. Auf der Suche nach dem Geologen Makepeace gerät Campion in ein schier unübersehbares Dickicht aus Raub, Entführung und – Mord ... Der Roman spielt in einer Kleinstadt bei London.

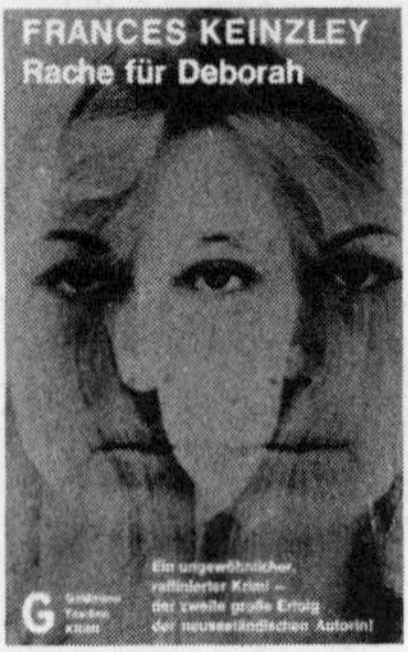

Frances Keinzley
Rache für Deborah
128 Seiten. Band 3284. DM 3.–

Schon ein halbes Jahr nach dem Tod ihrer Tochter Deborah fährt Eloise Blassing nach Neuseeland, um einen raffinierten Plan in die Tat umzusetzen. Mit ihr an Bord ist der Mann, den sie für Deborahs Mörder hält ... Der zweite große Erfolg der neuseeländischen Autorin!

Thomas B. Dewey
Der Teufel holt sie alle
160 Seiten. Band 3285. DM 3.–

Es war genau 2.18 Uhr, als das Telefon den Privatdetektiv Mac weckte. Kriminalleutnant Donovan vom Morddezernat meldete sich am anderen Ende. »Mac, ich sitze hier mit einer Toten und fühle mich ein bißchen einsam. Kommen Sie doch herüber.«
»Hören Sie, Donovan«, sagte ich, »wir haben jetzt halb drei Uhr morgens ...«
»Es ist eine Klientin von Ihnen ...«

WILHELM GOLDMANN VERLAG MÜNCHEN

Die roten Goldmann KRIMI

Isobel Lambot
Der Mörder läßt grüßen
160 Seiten. Band 3286. DM 3.–

Chefinspektor Beech war überzeugt, daß Marion Loring den alten Winter ermordet hatte. Inspektor Morton hielt den Enkel Roderick für den Täter. Aber beide Polizeibeamte hatten ihre Rechnung ohne den Mörder gemacht. Schauplatz: eine Kleinstadt bei London.

Jack Ehrlich
Das Mädchen im Käfig
160 Seiten. Band 3287. DM 3.–

Sie war halb Kind, halb Katze – war Lee Mallory auch eine Mörderin? Einer konnte es nicht glauben: Bewährungshelfer Robert Flick. Er versuchte, sie aus dem Irrenhaus zu holen. Für seine Sicherheit allerdings hätten Fachleute keinen Pfifferling mehr gegeben ...

Lesley Egan
Mord aus dem Jenseits
192 Seiten. Band 3289. DM 3.–

Margaret Brandon ist das, was man eine nette Dame in mittleren Jahren nennt: freundlich, verwitwet und reich. Nach einer spiritistischen Sitzung wird Mrs. Brandon ermordet. Doch die Geister kann man kaum zur Verantwortung ziehen. Der Mörder muß sehr real sein ...

WILHELM GOLDMANN VERLAG MÜNCHEN